FUSION FANTASTIC STORY

푸른 하늘 장편 소설

재중 귀환록 9

푸른 하늘 장편 소설

초판 1쇄 찍은 날 § 2014년 10월 29일
초판 1쇄 펴낸 날 § 2014년 11월 5일

지은이 § 푸른 하늘
펴낸이 § 서경석

편집부장 § 권태완
편집책임 § 박가연

펴낸곳 § 도서출판 청어람
등록번호 § 제387-1999-000006호
등록일자 § 1999. 5. 31
어람번호 § 제1-1972호

주소 § 경기도 부천시 원미구 부일로 483번길 40 서경B/D 3F (우) 420-822
전화 § 032-656-4452팩스 § 032-656-4453
http://www.chungeoram.com
E-mail § chungeorambook@daum.net

ISBN 979-11-316-9269-1 04810
ISBN 979-11-5681-939-4 (세트)

The Record of Dragon's Return

아미파

푸른 하늘 장편 소설

FUSION FANTASTIC STORY

CONTENTS

Chapter 01
훈련시키기

"그런데… 저기… 마스터."

"응."

재중은 이미 4차원적인 사고방식의 바네사의 행동에 예측하는 것을 포기했다.

그래서 자신을 부르는 소리에도 그냥 편안하게 대답했다.

"그런데 이제 전 뭐 해요?"

"……."

뜬금없는 말이지만 정작 재중은 그저 변덕으로 바네사를

거뒀을 뿐이다.

딱히 어떻게 쓰겠다는 구체적인 생각 같은 건 없었다.

그래서 순간 그녀의 물음에 말을 멈추고 가만히 그녀를 쳐다봤다.

그런데 재중이 자신을 쳐다보는 눈빛에서 무언가 이상한 것이라도 느낀 것일까?

바네사가 벌떡 일어선다.

훌러덩~

그리고는 위에 걸치고 있던 재킷을 벗기 시작했다.

"너 뭐 하니?"

재중은 뜬금없이 재킷을 벗는 바네사의 모습에 또 무슨 이상한 행동을 하려는 건지 짐작이 가지 않아서 물었다.

재중이 의아해 묻자 바네사가 반문했다.

"저기… 저를 안고 싶어서 쳐다보신 거 아니에요?"

"넌 그냥 누가 쳐다보면 옷 벗는 것이 특기니?"

머리가 지끈거리는 느낌에 재중은 자신도 모르게 이마에 손가락을 가져다 대면서 물었다.

그런데 그런 재중의 물음에 바네사는 오히려 당당하게 대답한다.

"어차피 안긴다고 몸이 닳는 것도 아닌데 뭐 어때요? 암살자가 의뢰를 받고 암살을 하려면 뭔들 못하겠어요."

재중이 묻는 것이 이해가 되지 않는다는 듯한 바네사의 대답이다.

재중은 순간 멈칫거렸다.

"하긴 그럴지도."

지금 재중은 비교적 평범한 사고방식 속에서 살고 있는 중이다.

하지만 그건 어디까지나 재중이 평범하게 살려고 결심했기에 의도적으로 평범한 사람들의 수준에 맞춰져 있는 것에 불과하다.

사실 재중 역시 누구 못지않게 피가 난자한 삶을 살아온 경험이 있는 것이다.

상대를 죽이지 않으면 자신이 죽어야 하는 삶을 살던 재중이다.

그런 재중이기에 오히려 바네사의 말을 듣는 순간 바로 이해가 되었다.

돈을 받고 표적을 죽이는 바네사.

그리고 베르벤과의 거래로 대륙에서 드래고니안을 상대로 서로 죽고 죽이는 전쟁을 치른 재중.

어느 쪽이든 본질을 놓고 보면 자신의 이득을 위해서 누군가를 죽인 것은 마찬가지였으니 말이다.

물론 테라나 흑기병이 이런 재중의 생각을 듣는다면 아

마 입에 거품을 물 것이다.

그리고 무슨 말도 안 되는 생각이냐고 난리를 칠 것이 분명하다.

하지만 재중은 지극히 단순하게 본질을 놓고 생각했기에 오히려 바네사의 말을 바로 이해했다.

"헤에, 마스터, 이해해 주시는 거예요?"

재중이 자신의 말에 수긍하는 듯한 모습을 보이자 오히려 이번에는 바네사가 조금 놀란 표정으로 물었다.

"어차피 사는 방식이 다를 뿐이니까."

"우와, 마스터, 대단하네요. 지금까지 이런 말 하면 다들 절 이상하다는 듯 쳐다봤는데 마스터는 다르네요."

"……."

그저 한순간 동의했을 뿐, 재중도 바네사의 4차원을 모두 이해할 리가 없다.

그렇지만 확실히 바네사가 말한 부분은 재중이 생각해야 하는 문제이긴 했다.

이제부터 그녀가 무엇을 해야 하는가.

"음, 그냥……."

"…그냥?"

재중이 말하며 슬쩍 말꼬리를 늘어뜨렸다.

그러자 바네사가 의도하지는 않았지만 재중의 말을 따라

했다.

"바네사 네가 나를 죽이러 온 킬러를 모두 죽이고 너도 다쳐서 잠적한 걸로 하는 건 어때?"

"……."

이번에는 재중의 해결책을 들은 바네사가 멍한 표정으로 재중을 가만히 쳐다보았다.

"왜?"

"그게 가능하다고 생각하세요?"

바네사도 나름 정보통을 통해 들은 것이 있다.

랜필드 가문에서 의뢰를 받은 킬러는 모두 다섯 팀이다.

킬러가 혼자 움직이는지, 아니면 몇 명이 같이 움직이는지는 모른다.

사실 그건 같은 킬러끼리도 비밀 중의 비밀이어서 그저 팀으로 표현하는 것이 일반적이다.

증거라고 하자면 테라가 서해 바다 진흙 속에 잠재워 버린 삼합회에서 온 킬러 두 팀도 모두 세 명씩 조를 이룬 팀이다.

또 재중이 처음 만난 킬러도 두 명이 한 팀을 이뤘었다.

그것만 봐도 충분했다.

그런데 바네사는 혼자였다.

당연히 랜필드 가문 정도라면 바네사가 혼자 움직인다는

것을 충분히 알아보고 의뢰를 했을 것이다.

그런데 혼자서 불과 하루 만에 네 팀의 킬러를 모두 처리한다는 것은 사실상 그녀의 실력으로는 불가능하다.

그리고 그것은 누구보다 바네사 본인이 가장 잘 알고 있다.

그렇기에 지금 재중의 말에 손사래를 치면서 놀라는 것도 당연했다.

하지만 재중은 오히려 그런 바네사의 반응에 웃었다.

"왜 불가능하다는 결론을 내리지?"

"왜라니요? 당연한 거 아닌가요? 저도 죽은 파트너가 살아만 있다면 가능했을지도 몰라요. 하지만 지금은 저 혼자이기 때문에 불가능해요."

바네사가 재중을 보면서 강력하게 말했다.

이번에는 오히려 바네사가 재중이 왜 자신의 말을 이해하지 못하는지 답답하다는 표정이었다.

그렇지만 재중은 고개를 갸웃거리면서 바네사에게 다시 물었다.

"그걸 누가 정했지?"

"네? 그게 무슨……? 그거야 누가 정했다기보다 상식적으로 말이 안 되잖아요, 마스터."

"크크크크큭!"

바네사의 입에서 상식적이라는 말이 나오자 오히려 재중이 크게 웃었다.

잠시 뒤, 웃음을 그친 재중이 말을 이었다.

"세상에 불가능한 것은 없어. 시도조차 하지 않는 자들이 만든 말이 불가능이니까."

하지만 그런 재중의 말에 바네사는 납득하지 못했다는 듯이 미간을 찌푸렸다.

그리고는 조금은 화가 난 듯한 표정으로 되물었다.

"그건 억지예요, 억지."

바네사가 보는 재중은 강했다.

아니, 강한 수준을 넘어 도대체 얼마나 강할까 하는 의문이 든다.

얼마나 강한지 계측을 해보려 생각해 봐도 결론이 나지 않을 정도이다.

이건 원초적인 힘에서 비롯한 것뿐만이 아니었다.

오랫동안 킬러로 살아온 바네사의 감각이 경고를 보내는 것이기도 했다.

재중과 만난 뒤 줄곧 절대로 재중을 적으로 삼지 말라는 본능의 신호가 바네사의 머리를 울리고 있으니 말이다.

또한 동시에 바네사는 재중의 눈동자와 마주하는 순간마다 무언가 끝이 없는 무저갱 속으로 떨어질 것 같은 막연한 두려움도 함께 느끼고 있었다.

그렇기에 바네사에게는 지금 재중이 한 말이 그만큼 강한 재중이기에 할 수 있는 말로만 들릴 수밖에 없는 것이다.

재중도 그런 바네사의 생각을 알아챈 듯했다.

재중이 슬그머니 일어서더니 자신이 킬러들을 처리할 때 앉아 있던 바위 곁으로 천천히 다가갔다.

스윽.

재중이 어루만져 보니 바위의 거칠면서도 단단한 질감이 느껴진다.

"이걸 맨손으로 부숴 버리는 사람이 있을까?"

재중이 나직하게 말했다.

바네사는 순간 그게 자신에게 하는 말인지 모르고 가만히 있다가 한 박자 늦게 이해하고는 대답했다.

"그게… 불가능하지 않을까요? 아무리 그래도 꽤 단단해 보이는 바위인데 말이죠."

바네사는 재중의 물음에 자신의 기준에서 대답하기는 했다.

하지만 이상하게 대답을 하면서도 바네사의 가슴 한곳에서는 설마 하는 묘한 기대 심리가 피어오른 것도 사실이다.

씨익~

그리고 그런 바네사의 기대 심리를 알기라도 한 것일까?

재중이 한번 웃어주고는 가볍게 주먹을 말아 쥐고서 그대로 바위를 향해 내질렀다.

콱!!

쩌억! 쩌어어억!!

푸드득, 툭!

마치 별것 아닌 것 같은 몸짓이었다.

재중은 그저 가볍게 주먹을 내뻗었을 뿐이다.

그런데 다음 순간, 재중의 주먹이 정확하게 바위 속으로 손목까지 파고들어 가는 게 아닌가?

옆에서 지켜보던 바네사는 순간 자신의 눈이 잘못되어 헛것을 본 것이 아닌지 의심이 들었다.

그만큼 자연스럽기까지 했다.

하지만 그렇게 재중의 주먹이 바위에 손목까지 파고들어 가고 난 뒤 10여 초가 지났을까?

바위가 비명을 지르듯 급격하게 흔들리기 시작했다.

그리곤 곧 수십 조각으로 나뉘어 부서져 내린다.

그 모든 장면을 지켜본 바네사는 무의식적으로 자신의 볼을 꼬집었다.

"세상에 불가능은 없다니까. 안 그래?"

재중이 환한 미소를 지으면서 바네사에게 말했다.

바네사는 그런 재중의 말에 멍한 눈으로 고개만 끄덕거렸다.

바네사의 시선은 부서져 내린 바위에 고정되어 움직일 줄 몰랐다.

물론 바네사 본인은 자신이 고개를 끄덕였다는 것도 인지하지 못했다.

웬만한 자동차 크기의 바위를 맨주먹 한 방에 조각내 버리는 사람에게 무슨 말이 통하겠는가?

어쩌면 바네사는 본능적으로 자신이 살기 위해 고개를 끄덕였을지도 모른다.

"테라."

—네, 마스터.

"소문을 퍼뜨려. 바네사가 나를 노린 킬러를 모두 처리하고 타겟을 독차지하려다가 자신도 다쳐서 잠적했다고 말이야."

—네. 뭐 그거야 별로 어렵지 않아요. 하지만…….

예전과 달리 테라는 이미 시우바 그룹의 도움을 받던 시기에서 벗어나 스스로가 움직여 돈을 불리기 시작한 상황이었다.

그러므로 그 정도 소문을 북미 쪽에 퍼뜨리는 것은 그리 어려운 일이 아니다.

소문이란 것이 얼핏 은밀한 것 같지만 의외로 실상은 모두 사람의 입에서 시작한다는 것은 변하지 않는 사실이니 말이다.

다만 바네사가 문제였다.

랜필드 가문의 권력과 힘, 그리고 정보력이라면 바네사를 찾는 것은 그리 어렵지 않은 일이다.

그리고 그녀를 찾는 순간 소문이 거짓이라는 것을 금방 알 수 있을 것이다.

씨익~

재중도 그런 테라의 생각을 알고 있는 듯했다.

재중이 돌연 입가에 미소를 지으면서 고개를 돌려 바네사를 쳐다보자,

섬뜩!

바네사는 본능적으로 온몸에 오한을 느끼면서 멍한 표정에서 바로 벗어났다.

바네사는 할 수 없이 자신을 보는 재중을 마주 쳐다봤다.

그런데 왠지 저 눈을 피하고 싶다는 본능이 자꾸 꿈틀거렸다.

물론 그러면 안 된다고 이성으로 본능을 부여잡는 바네사다.

그러나 이성 덕분에 시선을 피하진 않았지만, 몸은 정직

한지 재중에게서 벗어나려는 듯 슬금슬금 뒤로 움직였다.

"테라."

—네, 마스터.

"바네사를 훈련시켜서 좀 쓸 만하게 만들려면 얼마나 걸릴까?"

이미 바네사의 심장과 뇌, 그리고 주요 장기에 재중의 나노 오리하르콘이 심어져 있었다.

그러므로 그녀가 재중의 손에서 벗어나는 것은 사실상 불가능했다.

그렇지만 재중의 눈으로 봤을 때 지금 바로 쓰기에는 바네사의 실력이 부족했다.

재중이 판단하기에 현재 바네사의 실력은 대륙의 어쌔신 정도.

재중의 기준으로는 훈련이 필요했다.

다만 우선적으로 그 훈련에서 살아남아야 된다는 가장 첫 번째 과제가 있긴 하다.

하지만 만약 살아남아서 끝까지 훈련을 마칠 수만 있다면, 바네사 본인은 모르겠지만 그녀에게는 커다란 기회가 될 터였다.

뭐 본인이 원하진 않겠지만 말이다.

—음, 대충 넉넉잡아서 1년이면 그냥 부리기에는 충분할

듯한데요?

"1년이면 뭐 충분하겠지?"

재중에게 남는 것은 시간이었다.

그에게 1년은 별로 길지 않은 충분히 기다릴 수 있는 시간이다.

바네사가 끝까지 훈련을 버티느냐, 버티지 못하고 죽느냐는 순전히 그녀 자신의 문제였다.

"네가 할래?"

재중은 테라에게 바네사의 훈련을 슬쩍 넘기려고 운을 뗐다.

하지만 테라가 단호하게 고개를 저었다.

—전 마법사예요. 마법사를 키울 것이 아니면 전 오히려 방해만 될걸요.

"하긴. 그럼 역시……."

재중은 테라가 거절하자 납득하고 고개를 끄덕였다.

결국 남은 것은 흑기병뿐이다.

하지만 일단 고개는 끄덕였지만 뭔가 찜찜한 마음을 지울 수가 없었다.

"바네사가 흑기병의 훈련에서 살아남을 수 있을까?"

대륙의 드래고니안들은 소드마스터조차 동네 지나가는 똥개 잡듯 죽여 버렸었고, 흑기병은 그런 드래고니안들을 상대로 밀리기는커녕 오히려 여럿 죽이기까지 했었다.

그런 흑기병의 실력은 굳이 설명할 필요가 없으니 그 부분에는 문제가 없다.

문제는 흑기병의 실력이 아니라 바네사가 흑기병의 훈련을 견디고 살아남느냐이다.

무뚝뚝하고 말 그대로 FM으로 생각하고 움직이는 흑기병이다.

미인계와 임기응변으로 암살을 해오던 바네사가 그런 흑기병의 훈련을 과연 버틸 수 있을지 고민이 되는 것은 당연했다.

—마스터, 그녀가 죽고 사는 건 본인 팔자 아니겠어요?

"뭐, 그렇지?"

어차피 이대로라면 바네사는 재중에게 전혀 도움은커녕 방해만 된다.

애초부터 한동안은 바네사의 존재가 세상에서 사라져야만 했기에 어디 숨겨둘 생각이긴 했다.

다만 이왕 거두어들였다면 그 숨겨두는 기간 동안 조금은 쓸 만한 녀석으로 만들고 싶다는 욕심이 들었을 뿐이다.

—그럼 나머지는 제가 처리할게요.

재중이 결정을 내린 이상 행동하고 움직이는 것은 테라의 몫이었다.

테라는 곧바로 영문을 몰라 하는 바네사의 목덜미를 쥐고는 그대로 어둠 속으로 사라져 버렸다.

재중은 그렇게 사라진 둘의 빈자리를 보고는 그냥 피식 웃었다.

"살아남으면 최고가, 아니라면 그저 흙으로 돌아갈 뿐이지."

Chapter 02
어디에나 있는 기회주의자들

“오빠”

“응?”

그 누구도 모르게 킬러들을 처리한 재중이 집으로 돌아와 느긋하게 좀 쉬려고 하는 순간이었다.

연아가 집에 들어와 두리번거리더니 재중을 보고는 다가왔다.

“아직 카페 영업할 시간 아니야?”

재중이 혹시나 싶어 탁자에서 정면으로 보이는 벽에 걸어둔 시계를 봤다.

역시나 아직 저녁 시간대로 카페는 지금이 한창 바쁠 시간이었다.

그런데 그렇게 한창 바쁜 시간에 연아가 카페를 놔두고 집에 온 것이다.

지금까지 한 번도 없었던 일이기에 재중이 놀라서 물어보자,

"저기, 축구협회에서 사람이 카페로 찾아왔는데 무조건 오빠를 데리고 오라고 해서……."

"축구협회?"

재중은 뜬금없이 축구협회에서 자신을 찾는다는 게 이상했다.

그리고 축구협회 사람이 자신을 데리고 오라고 연아를 보냈다는 것부터가 이해가 가지 않았다.

"응. 그냥 무조건 데리고 오라면서 나를 내보내는데, 나 참. 한국은 원래 이래? 남의 가게에 와서는 입구를 막아서고 무조건 오빠를 데리고 오라고 협박부터 하는 모습이 무슨 CIA요원들 같았어."

"……."

재중은 연아의 말이 끝나는 순간 눈빛이 차분하게 가라앉았다.

그리고는 곧장 자리에서 일어섰다.

"같이 가자."

재중은 부드럽게 말했지만, 연아는 순간적으로 변한 재중의 분위기를 읽은 듯했다.

"오빠, 화난… 거야?"

스윽.

재중은 이제는 제법 자신의 기분까지 눈치껏 읽어내는 연아의 모습에 기분 좋은 미소를 지었다.

연아가 점점 빠르게 자신과 친해지고 있는 느낌을 받았기 때문이다.

어릴 때도 연아는 자신의 기분을 그 누구보다 먼저 알아차렸었다.

지금 연아의 모습이 딱 그때와 겹쳐 보였다.

"아니, 괜찮아. 내가 알아서 해결할게."

"그래? 정말 화난 거 아니지?"

연아는 이상하게 재중이 화를 내고 있다는 느낌을 강하게 받고 있는 중이다.

물론 겉으로 보기에는 평소의 평온하고 차분한 표정의 재중이 분명했다.

하지만 연아는 느낄 수가 있었다.

재중을 만나고 빠르게 어릴 때의 느낌을 찾아가는 과정인지도 모른다.

얼마전 재중이 일주일 동안 갑자기 잠적 아닌 잠적을 했다가 돌아온 후부터였다.

연아는 재중의 표정이나 행동이 아니라, 막연하기는 하지만 느낌만으로 재중의 기분을 파악하기 시작한 것이다.

그리고 그 결과는 놀랍도록 정확도가 높아져만 가고 있었다.

잠시 뒤, 재중은 연아와 함께 카페에 도착했다.

카페에 오는 동안에는 겉으로나마 화난 감정을 숨기고 있던 재중이다.

하지만 카페의 상황을 보고는 더 이상 감정을 숨길 수 없게 되었다.

"자네가 선우재중인가?"

"보기보다 어려 보이는구먼그래."

"잠시 이야기 좀 하지. 룸을 하나 내줬으면 하는데……."

카페에 있는 축구협회에서 나왔다는 사람들의 모습은 그냥 말 그대로 불청객이었다.

그들은 마치 자신의 집인 양 카페 안을 휘젓고 다니는 중이었다.

그리고는 재중을 보자마자 VIP 회원이 아니면 들어가지 못하는 곳으로 멋대로 발걸음을 옮기기 시작했다.

거기다 이미 재중을 기다리면서 커피와 음료수를 멋대로 마시고 계산조차 하지 않은 상태였다.

"니들 뭐지?"

"응?"

"뭐?"

"내가 잘못 들었나?"

건장한 두 명과 조금 호리한 몸이지만 눈매가 날카로운 남자였다.

그들이 동시에 재중의 나직한 말에 고개를 돌리면서 쳐다보자 재중이 다시 말했다.

"니들 뭐냐고 물었다."

"허!"

"기가 차는구만."

"어디 버릇없이."

재중의 반말에 셋 다 기가 막힌다는 표정으로 재중을 쳐다본다.

그중 가운데에 있던 눈매가 날카로운 남자가 재중 앞으로 다가오더니,

"자네, 예절을 다시 배워야겠군그래. 어른에게 함부로 말하는 버릇부터 말이야."

재중의 이마를 손가락으로 톡톡 치기 시작했다.

"오빠! 당신들, 뭔데 행패예요!!"

연아가 뒤에서 보고 있다가 재중이 모욕당하는 모습에 발끈해서 소리치면서 다가왔다.

턱!

"오빠, 왜 막아?"

재중이 연아를 막았다.

그리고는 조용히 연아를 카페 카운터로 돌려보냈다.

재중은 이어 아무렇지 않은 듯 축구협회에서 나온 셋을 향해 고개를 돌리면서 나직하게 말했다.

"조용히 따라와라."

오싹!!

그저 나직한 목소리였다.

하지만 재중의 방금 목소리가 축구협회에서 나온 세 사람의 귀에 박히는 순간, 그들의 몸이 순식간에 굳어지기 시작했다.

그뿐만이 아니었다.

그들의 생각과는 반대로 그들의 몸이 멋대로 재중의 말대로 조용히 재중을 따라가기까지 했다.

"어, 어, 어……."

"이, 이, 이……."

"뭐, 뭐, 뭐……."

그들은 갑작스럽게 자신의 생각과 반대로 움직이는 몸 때문에 당황한 듯했다.

뭐라고 웅얼거리는 소리가 조금 났다.

하지만 말문이 트이기도 전, 세 사람은 어둠 속으로 걸어가고 있는 자신을 느낄 뿐이다.

사실 재중이 딱히 의도한 것은 아니었다.

하지만 연아에 관한 일이라면 조금은 민감하게 반응하는 재중이다.

거기다 2차 각성으로 이제는 완전한 성룡이 된 상태라는 점도 작용을 했다.

재중이 의도하지는 않았지만 방금 축구협회 세 사람을 따르게 한 것은 바로 드래곤 피어였다.

분노한 재중의 목소리에 자연스럽게 드래곤 피어가 섞여 흘러나온 것이다.

의도하지는 않았기에 강도가 약하긴 했다.

하지만 드래곤 피어에는 자신보다 약한 존재의 이지를 제어하는 힘이 있다.

그러다 보니 자연스럽게 재중의 말대로 조용히 재중을 따라 몸이 움직일 수밖에 없었던 것이다.

물론 본인들은 재중을 따라가는 지금도 왜 손과 발이 재중의 말대로 움직이는지 전혀 이해를 하지 못하고 있겠지만 말이다.

"니들 뭐지?"

다시 재중이 나직하게 물었다.

하지만 지금의 물음에는 자연스럽게 드래곤 피어가 섞여 있었다.

드래곤 피어를 접하니 세 사람의 반응도 처음과는 다를 수밖에 없었다.

"축구협회에서 나왔습니다."

"왜?"

재중은 축구협회가 자신을 찾아올 이유가 없다고 생각하고 있기에 되물었다.

그러자 한 사람이 조심스럽게 대답했다.

"천산FC와의 시합을 위해서는 저희 협회의 허락이 있어야 하기에 그것을 시험하기 위해서 왔습니다."

"시험? 허락?"

재중은 지금 이들이 하는 말이 도대체 무슨 말인지 알 수가 없었다.

축구 한번 하는 데 무슨 허락이 필요하고 시험이 필요하단 말인가.

재중으로서는 도통 이해가 가지 않는 것이다.

자연스럽게 생긴 의문을 떠오른 대로 되물은 재중이었다.

하지만 이미 드래곤 피어에 이지가 제압당한 녀석들은 술술 대답하기 시작했다.

"국내에서 프로 선수로 활동하려면 축구협회에 등록이 되어 있어야 합니다. 그리고 그런 선수가 자격이 있는지 없는지 심사하는 것이 바로 저희의 일이기도 합니다."

"크크크크크큭, 크크큭."

재중은 자신을 심사한다는 말에 기가 막혀서 웃기 시작했다.

그리고는 천천히 축구협회에서 나온 녀석들을 쳐다보면서 입을 열었다.

"내가 프로 선수로 뛴다고 말한 적이 있나?"

"그, 그건……."

재중은 단 한 번도 프로 축구 선수로 뛴다고 말한 적이 없다.

아니, 애초에 지금 천산FC와의 친선경기도 말 그대로 실바와 루이스 펠라리네 감독이 억지를 부려서 한번 나가주는 것이다.

그런데 축구협회에서 자신을 시험한다니 오히려 기가 막히는 것은 재중이었다.

다만 허락이 있어야 한다는 말을 들으니 이들이 왜 이처럼 오만방자하고 무서울 것이 없는 무법자가 되었는지 이해는 갔다.

만약 재중이 프로 선수 등록을 원한다면 지금 재중의 눈앞에 있는 축구협회에서 나온 세 명의 말 몇 마디에 운명이 달려 있다고 보아도 무방했다.

프로가 되느냐, 아니면 그냥 아마추어로 남느냐의 기로에 설 수밖에 없는 것이다.

한마디로 축구 선수를 꿈꾸는 사람에게 이들은 무소불위의 권력을 휘두를 수 있었다.

왕이나 마찬가지인 것이다.

"루이스 펠라리네 감독이 나를 프로 선수로 등록시켜 달라고 부탁이라도 했나?"

재중이 완전히 차가워진 눈빛을 한 채 나직하게 말했다.

축구협회에서 나온 녀석들은 조금 전보다 더욱 말을 얼버무리면서 입을 열지 못했다.

당연했다.

지금 녀석들은 재중에게 프로 선수로 뛰기를 권유하거나 시험하기 위해서 온 것이 아니라 명령하기 위해서 왔으니 말이다.

녀석들 역시 축구협회 관계자 중 한 명의 명령으로 온 터였다.

그 관계자는 재중이 천산 FC와 레알 마드리드의 친선경기를 뛰지 않는다는 말을 듣고 녀석들을 보냈다.

재중에게 천산FC와 레알 마드리드의 경기에 나가서 뛰라고 하기 위해서 말이다.

사실 처음 녀석들은 재중이 말을 듣지 않으면 협박이라도 할 생각이었다.

그렇게 해서라도 천산FC의 경기에 재중을 내보낼 생각이었던 것이다.

무려 레알 마드리드와의 친선경기였다.

이미 언론에 보도가 되어서 모든 국민의 관심이 쏠려 있는 상황이다.

당연히 축구협회 입장에서는 자다가 호박이 넝쿨째 굴러온 상황이기에 얼씨구나 하고 받아들였다.

애초에 이건 루이스 펠라레 감독 자신이 먼저 친선경기를 하자고 한 일이었다.

그런데 이게 웬걸, 느닷없이 재중이 천산FC와의 경기 때 출전하지 않는다면 친선경기는 없었던 일로 하겠다고 말을 바꾼 것이다.

축구협회는 그제야 부랴부랴 뒤늦게 재중에 대해서 알아보았다.

그 결과 이미 인터넷상에서 동영상이 퍼져 세계적으로

도 알 만한 사람은 다 아는 사람이 바로 재중이라는 걸 알았다.

축구협회는 이제 강압적으로라도 재중을 출전시켜 어떻게든지 레알 마드리드와 천산FC의 친선경기를 성사시켜야 하는 상황에 처했다.

녀석들에게 이야기를 다 들은 재중은 고개를 갸웃거렸다.

재중은 분명히 얼핏이긴 하지만 테라에게 들은 바가 있었다.

현재 축구협회 회장과 천산그룹의 천 회장이 절친한 친구라고 말이다.

만약 축구협회 회장의 명령이라면 이런 방식이 아니어야 했다.

천 회장의 전화가 먼저 왔거나, 아니면 천서영이 재중에게 찾아왔을 것이다.

그런데 재중의 성격을 누구보다 잘 알고 있는 천 회장이 이런 방식에 찬성했다는 것은 도무지 이해할 수가 없는 일이었다.

이해되지 않는 상황에 자연히 고개를 갸웃거리는 재중이다.

"누구 명령이지?"

"그게… 그것이……."

녀석들은 드래곤 피어에 이지를 제압당해 술술 대답하고 있었지만 그건 재중이 의도한 것이 아니라 은연중에 벌어진 일이었다.

그래서인지 직접적으로 자신들에게 피해가 올 것 같은 질문이 던져지자 대답을 망설이는 모습을 보인다.

그제야 재중이 의식적으로 드래곤 피어에 힘을 조금 더 실어서 물었다.

"누구의 명령이지?"

"…4국장님의 명령입니다."

"4국장?"

축구협회의 체계를 모르는 재중이기에 4국장이 누구인지 몰라 고개를 갸웃거렸다.

그때 갑자기 테라의 목소리가 재중의 뇌리에 울리기 시작했다.

—마스터, 축구협회는 모두 경기 1국, 경기 2국, 심판국, 국제국, 사업지원국의 5국과 송도 센터인 1센터, 그리고 법무실인 1실이라는 5국, 1센터, 1실로 움직이고 있어요. 아마 4국장이라면 5국 중에서 네 번째인 국제국에 있는 국장이 명령을 내렸을 거예요.

'…5국? 1센터? 무슨 국정원도 아니고 복잡하구만.'

재중은 축구협회라고 해서 별다를 것 없이 그저 협회겠거니 했었다.

설마 하니 5국, 1센터, 1실이라는 웬만한 국가기관 급의 체계를 가지고 있었을 줄이야.

전혀 예상하지 못한 일이었기에 조금은 놀랄 수밖에 없었다.

하지만 이 정도도 실제 다른 국가의 축구협회에 비한다면 그다지 규모가 큰 편은 아니다.

이 사실을 재중이 알았다면 과연 어떤 반응을 보였을지는 아무도 모를 일이다.

'아무튼 4국장이라면 국제국이라는 말이군. 그런데 난 분명 실바를 통해서 펠라리네 감독에게 출전하겠다고 연락을 했는데 어째서 축구협회가 나서는 거지?'

재중은 프로 선수로 뛸 생각도 전혀 없고 축구로 무언가 할 생각이 정말 조금도 없다.

그렇기에 축구협회에서 자신에게 강압적으로 무언가 한다는 것은 도무지 이해가 가지 않았다.

그렇게 해서 자신의 비위를 건드려 봐야 결과적으로 축구협회에는 이득 될 것이 전혀 없으니 말이다.

그때 테라의 목소리가 이어서 들려왔다.

찬찬히 들어보니 축구협회 내부적으로 재중의 생각보다

더 복잡한 사정이 듯했다.

—사실 이건 국제국의 국장이 단독으로 벌인 일이에요.

'왜?'

재중이 의아해 테라에게 되물었다.

프로 선수로 축구를 하지 않는 이상 축구협회가 재중을 어떻게 할 수단은 전무했으니 말이다.

축구협회는 프로축구 선수들에게는 정말 끝없는 힘을 가진 집단이다.

하지만 아마추어나 일반인에게는 그저 축구협회라는 곳에서 일하는 사람일 뿐이었다.

—그게 축구협회는 지금의 5국, 1센터, 1실에서 체계를 완전히 뒤집어엎어 바꾸려고 하고 있어요. 그중에서 특히나 5국이라는 시스템을 하나의 전략기획단과 운영실, 기술실, 사업실, 지원실, 이렇게 기획단 한 개와 네 개의 지원실로 완전히 뒤집어엎는 상황에 있거든요.

'4국장이 이번에 완전히 바뀌는 시스템에서 더 높은 곳을 노리고 있다는 말로 들리는데?'

재중이 테라의 말에서 어느 정도 지금 상황의 답을 얻을 수 있었다.

굳이 자신을 이렇게 강압적으로 몰아세워서까지 레알 마드리드와의 친선경기를 100% 확실하게 만들려고 하는 목적 말이다.

4국장의 속셈이 뻔히 보인 재중이 대답하듯 말하자 테라가 동의했다.

—맞아요. 정확하게 4국장이 노리는 것은 가장 첫 번째인 기획단의 단장이에요.

'아마 다른 국장들도 모두 목표는 4국장과 비슷할 테고?'

—그건 당연하죠. 한번 권력의 맛을 알아버린 사람이 더 높은 곳을 탐내는 건 당연한 이치예요. 대륙의 귀족들이 왜 작위를 높이려고 그렇게 물불을 가리지 않았는지 마스터께서도 잘 아시잖아요.

재중도 테라가 하는 말을 누구보다 잘 알고 있다.

당장 드래고니안의 발톱에 찢겨 나갈지라도 자신의 작위를 높이려고 온갖 술수를 부리는 족속이 바로 대륙의 귀족들이었다.

그리고 그들을 그렇게 만든 것이 바로 권력이라는 달콤한 열매였다.

그건 이곳 지구에서도 다를 것이 없었다.

축구에 관해서는 무소불위의 권력을 휘두를 수 있는 입장이다.

그리고 그 권력에 재중을 설득하는 것만으로도 한발 가

까이 다가갈 수 있는 상황이었다.

당연히 욕심내지 않는다면 오히려 그게 더 이상한 일이다.

하지만 서로 소식이 좀 엇갈린 듯했다.

재중은 이미 출전하기로 결정하고 소식도 전했으니 말이다.

한마디로 4국장은 쓸데없는 짓을 한 것이다.

―어떻게 할까요? 다 서해 바다에 던질까요?

테라는 사람을 바다에 던지는 것에 재미라도 들린 것 같았다.

재중의 명령만 떨어지면 당장에라도 서슴없이 던지러 갈 기세다.

지금 테라의 앞에는 축구협회에서 나온 세 사람이 있었다.

테라는 기회만 된다면 이 셋을 지구상에서 흔적도 없이 사라지게 할 생각을 하고 있는 듯했다.

'아니야. 어차피 명령을 받고 움직이는 녀석들은 결국 다른 녀석들로 대체될 테니 우선은 대충 기억을 조작해서 내가 루이스 펠라리네 감독에게 천산FC와 친선경기에 출전하겠다고 한 걸로 해서 보내 버려.'

―음. 네, 마스터.

테라는 재중의 말에 잠시 뜸을 들이는 듯하더니 바로 행동에 들어갔다.

곧장 슬립 마법으로 축구협회에서 나온 셋을 모두 잠재우더니 꿈을 통해 기억 조작을 하기 시작한다.

그리고 한 10분이 지났을까?

"고맙네. 자네가 나라에 큰 도움을 준 거야. 하하하하!"

녀석들은 방금 전까지의 기억을 다 잊어버리고 재중을 보며 웃었다.

테라가 심어놓은 꿈속의 기억에 만족한 듯, 크게 웃으며 돌아갔다.

—마스터, 4국장을 그대로 두어도 상관없겠어요?

재중은 지금껏 자신에게 이빨을 들이민 상대를 그냥 둔 적이 거의 없었다.

당연히 이번에도 보복이 따르리라 믿고 테라가 물어봤지만 재중은 피식 웃었다.

"덤빈다고 다 죽이면 오히려 내가 피곤해져."

—음, 마스터.

"응?"

—작은 마스터를 찾은 뒤로는 마스터께서 조금 유연해지신 듯해요.

"내가?"

—네. 뭐랄까, 대륙에 있을 적에는 우선 덤비면 죽인다,

까불면 죽인다, 도망쳐도 죽인다고 하셨는데, 지금은 두세 번은 생각하고 결정을 내리시는 것 같거든요.

"어떻게 다 죽인다로 끝나는 거야?"

재중이 테라의 말에 한마디 했다.

하지만 테라는 오히려 자신이 많이 줄여서 이야기했다는 표정을 지었다.

—이건 그나마 줄인 거예요. 대륙에서 마스터의 정보를 드래고니안에게 팔아넘긴 귀족의 성을 통째로 땅속에 파묻어 버리신 거 잊은 거예요?

"크크큭, 그래그래. 네 말대로 나도 이제 좀 변하려고 하나 보네. 됐지?"

—음, 뭐, 저는 좋아요. 마스터께서 조금은 유연한 성격으로 변하신다는 것에는 말이에요.

재중은 자신의 성격이 조금은 부드러워진 것을 두고 테라가 좋아하자 고개를 갸웃거렸다.

"왜 내 성격이 변하는 걸 좋아하는 거야?"

—후후후후훗, 마스터께서 부드러워지시면 질수록 제가 파고들 빈틈이 생길 거 아니에요? 호호호호호호호홋!

색기가 흐르는 듯한 눈빛의 테라가 재중의 옆으로 슬쩍 다가와 팔짱을 끼면서 말했다.

재중이 그런 테라를 보고는 피식 웃었다.

"아직도 넌 그 타령이야?"

사실 대륙에서도 테라가 재중의 품에 안기려고 별의별 방법을 다 썼었다.

하지만 모든 수법이 소용없었다.

아니, 애초에 재중은 테라를 동료 이외로는 생각지도 않는 듯 보였다.

테라가 완전 나체로 품에 안겨들었지만 재중은 꿈쩍도 하지 않았던 것이다.

그렇다고 재중이 여자를 싫어하느냐?

그것도 아니었다.

단지 테라가 아닐 뿐, 재중도 남자로서의 욕망이 솟아오르면 여자와 잠자리를 했다.

유독 테라에게만 아무런 반응이 없었을 뿐이다.

그러자 그때부터 테라는 승부욕인지, 아니면 재중이 정말 좋아서 그러는 건지 틈만 나면 이렇게 재중을 유혹하고 있었다.

뭐 아직까지 단 한 번도 성공한 적은 없지만 말이다.

—전 포기한 적이 없어요, 마스터. 제 수명 아시잖아요. 전 가디언이에요. 마스터께서 소멸하지 않는 이상 저도 소멸하지 않아요. 호호호호홋!

아마 지금 테라의 웃음과 색기를 본다면 스님이라도 담

을 넘을지도 모른다.

그만큼 테라의 색기는 주변의 공기마저 끈적끈적하게 만들었다.

하지만 재중에게만큼은 전혀 소용이 없으니 못내 아쉽기만 한 테라였다.

Chapter 03
뜻밖의 방문

한동안 테라와 이야기를 나누던 재중이 시간을 보고 카페에 도로 들어갔다.

아무래도 이야기가 길어져 예상보다 조금 지체된 시간이었다.

"괜찮아?"

재중이 카페에 들어서자마자 연아가 지체 없이 재중에게 다가왔다.

혹시나 재중이 다친 곳은 없는지 살펴보기에 여념이 없는 연아이다.

"괜찮아."

"…다친 곳이 없는 걸 보면 괜찮아 보이긴 하는데, 난 무슨 일이라도 생기는 줄 알았어."

축구협회에서 나온 세 명 중에 한 명은 보통 체격이었지만, 나머지 두 명은 보기에도 무슨 훈련을 받은 사람처럼 덩치부터가 남달랐다.

그러니 연아의 이런 걱정은 어쩌면 당연했다.

어쨌든 재중이 멀쩡히 돌아온 것을 보고는 안심할 수 있었다.

하지만 도대체 그 사람들이 왜 왔는지가 궁금해진 연아였다.

"그 사람들, 왜 온 거야?"

"응? 아, 곧 레알 마드리드하고 천산그룹에서 운영하는 천산FC와의 친선 시합에 내가 출전하는 것 때문에 온 거야."

"헉! 정말? 오빠 안 한다면서?"

연아는 재중이 칼같이 딱 잘라서 안 한다고 했기에 당연히 안 하는 줄 알고 있었다.

하지만 아무리 축구에 대해 잘 모르는 연아라고 해도 축구협회에서 찾아올 정도라면 아무리 싫은 것은 싫다고 딱 자르는 재중이라도 혹시나 하는 기대감이 생길 수밖에 없었다.

"혹시… 오빠……?"

"응? 아, 그래. 출전하기로 했어. 뭐 어차피 나야 후보라서 실제로 경기를 뛸지 어떨지는 모르지만."

재중은 연아가 너무 기대하는 눈빛이어서 슬쩍 말을 흘렸다.

하지만 이미 연아에게는 재중이 레알 마드리드와의 경기에 참여한다는 말 외에는 귀에 들어오는 게 없었다.

"오빠~ 힘내! 꼭 골을 넣는 거야! 알았지?"

"녀석하고는. 일해라. 난 그만 가야겠다."

"응."

재중은 그렇게 간단하게 이야기를 끝내고는 카페를 나왔다.

몇 걸음이나 걸었을까? 맞은편에 천서영이 오는 모습이 보인다.

"어머, 재중 씨~ 그렇지 않아도 재중 씨를 찾아서 왔는데."

"……?"

"혹시 축구협회에서 사람이 찾아오지 않았나요?"

재중은 역시나 천 회장이라는 생각을 하면서 고개를 끄덕였다.

아무리 4국장이 조용히 움직였다고 해도 축구협회가 무슨 국가기관은 아니다.

걸리는 것은 당연했으니 말이다.

다만 천 회장이 재중의 예상보다 빨리 알아차린 것이 조금 의외였다.

그러다 문득 재중은 연아 카페에서 일하고 있는 직원들이 떠올랐다.

연아 카페에서 일하고 있지만 사실 그들은 엄연히 천산그룹의 정식 사원이 아닌가?

그리고 월급도 연아가 주는 것이 아니라 천산그룹에서 받고 있다.

한마디로 천산그룹이 빨리 알아차린 것이 아니다.

빠르게 알아차릴 수밖에 없는 상황이라는 것이 맞는 말이다.

"네, 조금 전에 돌아갔어요."

"그래요? 혹시 무슨 일이 있진 않았죠?"

이미 연아의 카페에 파견 나와 있는 직원으로부터 전후 사정을 들은 천서영이다.

갑자기 축구협회에서 사람이 찾아와서는 재중을 데리고 오라면서 협박을 하는 통에 지금 연아가 걱정이 많다고 말이다.

들은 말이 있기에 슬그머니 재중의 눈치를 살피는 천서영이었다.

하지만 오히려 재중은 그런 천서영의 표정을 보고서는 씨익 웃었다.

"그냥 레알 마드리드와 천산FC의 친선경기에 나가는 걸로 했으니 별문제 없지 않을까요?"

"그래요? 그렇다면 다행이긴 한데… 정말 괜찮아요?"

천서영이 지금까지 봐온 재중의 성격상 이렇게 한번 결정한 것을 번복한 적이 없었다.

천서영의 조심스러운 물음에 재중은 그저 웃을 뿐이다.

"뭐, 이번 한 번뿐이겠지만, 나가기로 한 건 맞아요."

"아……."

"그런데 그 일 때문에 나를 찾아온 거예요?"

재중이 설마 그 말을 하려고 자신을 찾아서 온 거냐는 식으로 물어보자,

"네."

천서영은 너무나 당연하단 듯이 재중의 물음에 대답했다.

"……."

천서영이 흔들림 없는 눈동자로 똑바로 재중을 쳐다봤다.

천서영의 표정은 방금 대답이 진심이라는 것을 잘 보여 주고 있었다.

"가죠. 제가 댁까지는 바래다줄게요."

"어머, 정말요?"

설마 재중이 자신을 바래다주겠다고 할 줄은 상상도 못 한 천서영이다.

천서영이 놀라서 묻는데 이미 재중은 먼저 앞서서 걸어가고 있었다.

"안 가요?"

"네? 아, 가요!"

* * *

"재중 씨."

"네?"

"재중 씨는 어쩐 타입의 여자를 좋아하나요?"

대략 십여 분을 걸었을 즈음이었다.

천서영이 재중에게 물었다.

하지만 그 내용은 그저 가볍게 꺼낸 말이라고 하기에는 조금은 무게가 있어 보였다.

여자가 자신을 한번 차버린 남자에게 다시 좋아하는 여

자 타입을 물어본다.

정말 그 누구도 쉽게 생각할 수 없는 행동이었으니 말이다.

씨익~

그런데 천서영의 물음에 재중은 오히려 입가에 미소를 띠었다.

그리고는 천천히 그녀를 쳐다보기만 한다.

"왜 그래요?"

천서영은 순간 자신의 질문이 것이 뭔가 당돌하게 보였을지도 모른다는 생각이 들었다.

천서영이 살짝 당황해하자 재중이 그녀를 가만히 보다가 나직이 입을 열었다.

"음, 그냥 궁금해서요."

"뭐가요?"

"난 그저 가진 것 없는 평범한 남자인데… 어째서 천서영 씨가 저를 이렇게 생각하는지 말이에요."

멈칫!

"그, 그건……."

천서영은 재중이 설마 이렇게 물어올 것은 생각지도 못한 듯했다.

당황한 나머지 그 자리에서 멈춰 선 천서영이 뭐라고 말을 하려고 했지만 오히려 말문이 막혀 버렸다.

재중이 설마 자신에게 이렇게 말을 걸어줄 것이라는 것은 꿈에도 생각하지 못했기에 더욱 당황스러웠는지도 몰랐다.

하지만 확실한 것이 하나 있었다.

지금 재중의 질문을 통해 이상하게 재중이 자신에게 관심을 보인다고 느낀 것이다.

“사랑하니까요.”

천서영은 역시나 천 회장의 핏줄다웠다.

잠깐 당황하면서 허둥거리는 모습을 보였지만, 곧 정신을 차리더니 재중을 똑바로 쳐다보면서 사랑한다고 말했다.

누가 말했던가? 사랑은 기회를 잡는 자의 것이라고 말이다.

용기 있는 자가 미인을 얻는다는 말이 있다.

그건 달리 말하면 용기를 내서 계속 미인에게 다가선 남자만이 미인을 가질 수 있는 기회를 잡을 수 있다는 말이기도 하다.

이는 남자에게만 해당하는 말이 아니다.

여태까지의 천서영이 꼭 그와 같았다.

재중과 만난 이후 천서영은 재중에게 계속 다가가면서

기회를 봤다.

천서영은 지금이 그 상황이라는 것을 본능적으로 느낄 수가 있었다.

기회를 잡으면 움켜쥐어라. 이건 천서영이 어릴 때부터 들어온 말이다.

기업가는 타고난 운도 있어야 한다.

하나 운만으로는 안 된다.

끝없는 기다림 속에서도 기회를 잡을 줄 알아야 그 운을 자기 것으로 만들 수 있다.

"사랑이라……."

그리고 확실히 천서영의 방금 그 말이 효과가 있는 듯했다.

재중이 지금까지와는 달리 중얼거리듯 되뇌이며 그녀의 말에 반응을 보이고 있었다.

잠시 뒤, 재중이 천서영을 보면서 조용히 말했다.

하지만 그 내용은 방금 전 고심하는 듯한 중얼거림과는 대조되었다.

"전 사랑을 모릅니다. 그리고 전 사랑을 하지도 않을 거구요."

재중은 그렇게 말하고선 다시 천천히 걸음을 옮기고 있었다.

반면 천서영은 걸어가고 있는 재중의 뒷모습을 가만히 쳐다보았다.

"……."

처음이다.

재중이 자신의 마음에 대답해 준 것이 말이다.

물론 천서영이 원한 대답은 아니다.

하지만 방금 그 말에서 오히려 천서영은 재중의 마음을 느낄 수가 있었다.

그래서일까?

재중이 한 말은 거절의 의미였는데도 불구하고 천서영은 오히려 무언가 보답받은 듯한 표정을 지었다.

"서툰 거군요. 그리고 정말 사랑을 모르는 사람이었구요."

천서영이 방금 재중의 말에서 느낀 감정은 전혀 꾸밈이 없는 재중의 진심이었다.

그래서 이처럼 민감하게 느끼는 것일 것이다.

재중은 정말 사랑을 한 적이 없었으니 사랑이 뭔지 몰랐다.

하지만 사랑을 하지 않는다고 말하는 재중의 무심한 듯한 눈빛 속에서 외로움을 느낄 수 있었다.

그것이 남자가 이성을 만나지 않는 것에서 오는 외로움

인지, 아니면 다른 어떤 종류의 외로움인지는 천서영으로서는 알지 못했다.

하지만 재중이 외로움을 느낀 것만큼은 분명했다.

"뭐, 친구부터 시작하는 거죠. 후후훗."

강해졌다고 해야 할까, 아니면 재중의 옆에 있으면서 단련된 것일까?

천서영은 재중의 저런 무신경함 속에 진심을 조금씩 느낄 때마다 오히려 조금씩 재중에게 빠져들고 있었다.

* * *

"와, 누구지?"

"장난 아닌데?"

S대 입구에 남학생들의 시선이 한곳에 집중되는 일이 벌어졌다.

평범한 스키니 진에 티셔츠, 그리고 선글라스와 모자를 깊게 눌러썼다.

하지만 이미 스키니 진이 보여주는 깔끔하면서도 멋진 몸매는 도저히 숨길 수가 없다.

거기다 아무리 선글라스와 모자를 눌러써도 미인은 미인이다.

그걸 감추기에 지금 그녀가 착용한 선글라스나 모자 따위는 그저 손으로 하늘을 가리는 격이다.

"누구 기다리나?"

"음, 내가 한번 도전해 봐?"

지금까지 이렇게 사람들의 시선을 모은 사람은 천서영과 몇몇 S대에서 알아주는 미녀를 제외하고는 처음이었다.

새로운 미녀의 등장은 남학생들의 가슴에 불을 지르기에 충분했다.

다만 이곳이 S대라는 특성 때문에 미녀를 보고서도 쉽게 다가가지 않고 있는 것이다.

S대는 워낙에 내로라하는 자식들이 많이 다니는 상황이었다.

자칫 생각 없이 다가갔다가는 어떤 낭패를 당할지도 모르는 것이다.

어찌 될지 모르는 상황에 대한 두려움이 미녀를 두고서도 그저 꽃을 보듯 보기만 하게 만들었다.

"응?"

그러던 중간, 거의 한 시간가량 입구에서 누군가를 기다리던 미녀가 고개를 들어 한곳을 바라봤다.

당연히 미녀를 보던 남학생들의 시선도 그녀의 고갯짓에

따라 움직였다.

그리고 그 모두의 시선이 멈춘 곳에는 뜻밖에도 재중이 걸어오고 있었다.

"설마… 재중이 형은 아니겠지?"

"아닐 거야. 서영 선배가 저렇게 옆에 버티고 있는데 저런 미녀를 만나겠어?"

"아닐 거야. 절대로 아닐 거야."

남학생들은 재중이 점점 더 입구에 가까워질수록, 자신들이 마음에 두고 있는 미녀와 가까워질수록 간절히 신께 기도했다.

제발 미녀와 재중이 아무런 관련이 없기를 말이다.

하지만 하늘은 무심했다.

저벅저벅.

재중이 입구에 다다를 무렵, 미녀가 처음으로 움직였다.

그리고 지금 이곳에 있는 모든 남학생의 가슴을 무너뜨리는 결과가 벌어졌다.

재중 앞에 다가서더니 너무나 공손하게 재중에게 인사하는 미녀의 모습.

두말할 것 없이 그동안 그녀가 기다리던 사람이 바로 재중이라는 것을 증명하고 있었다.

"안녕하세요, 대표님?"

"……?"

재중은 이미 멀리서부터 남학생들의 질투 어린 시선을 받고 있었기에 뭐가 있다는 건 알고 있었지만 그냥 무시하고 있던 차였다.

하지만 그런 질투의 원인이 되는 미녀가 재중에게 인사를 하는 순간, 재중도 더는 모르는 척할 수 없게 되었다.

대표님이라는 호칭도 호칭이지만, 그녀의 목소리에서 누군지 알아차렸기 때문이다.

"아라 씨가 어쩐 일이죠?"

"아라 씨면 재중 씨 소속사에 있는 베인티… 멤버 아닌가요?"

오늘도 재중의 곁에 있는 천서영이다.

재중에게 아는 척하는 미녀를 의아하게 보던 천서영도 재중의 말을 듣고서야 선글라스와 모자에 가려진 아라의 모습을 볼 수 있었다.

하지만 의아한 일이 아닐 수 없다.

지금 한창 스케줄을 소화하고 있어야 할 아라가 S대 입구에서 재중을 기다릴 일이 뭐가 있단 말인가?

천서영은 물론 소속사 대표인 재중에게도 의외의 일이다.

"저기… 대표님과 이야기를 하고 싶어서요."

재중이 상급자인만큼 아라는 재중 앞에서 당연히 모자와 선글라스를 벗어야 했지만, 자신에게 집중된 시선을 의식해서 굳이 그러지는 않았다.

재중도 그 정도는 이해할 수 있는 부분이고 말이다.

바쁜 시간에 여기까지 자신을 찾아온 게 이상하기는 했다.

그러나 자신과 이야기하고 싶다는 그녀의 표정에서 뭔가 있다는 걸 읽은 재중이다.

재중이 조용히 고개를 끄덕였다.

"매니저는 어디에 있나요?"

당연히 아라가 혼자 움직이지는 않았을 것이라는 생각에 물었다.

그런데 아라는 살짝 난처한 듯 웃음을 보이면서 말했다.

"오늘 스케줄이 없는 게 저뿐이라서 매니저 오빠는 다른 멤버들과 같이 갔어요. 그래서 지금은 저 혼자예요."

사실 재중은 이미 아라가 한 번 납치를 당한 적이 있기에 윤태형 이사에게 주의를 단단히 준 적이 있다.

아니, 재중이 굳이 주의를 주지 않더라도 충분했다.

이미 윤태형 이사 본인이 그날 몇 시간 동안 피 말리는 기다림의 고통을 느낀 것이다.

재중은 당연히 이후 멤버 관리에 신경을 많이 쓰고 있을 것이라는 판단을 내렸다.

그래서 테라에게도 적당히 주변을 감시하는 정도로만 명령했던 것이다.

그렇기에 아라가 스스로 기획사를 나와 개인행동을 할 줄은 몰랐다.

하지만 그건 나중에 나무라면 되는 일이다.

우선 아라가 크게 혼날 것을 알면서도 굳이 혼자 찾아온 이유는 들어야 했다.

이건 재중이 가지고 있는 SY미디어의 대표라는 직책 때문이기도 했다.

"별수 없군요."

아라도 재중이 크게 화낼지도 모른다는 걸 생각 못하지는 않았다.

하지만 재중이 당장 화내면서 사무실에 전화를 걸면 사정을 해서라도 어떻게든 오늘 이야기를 하기로 마음먹은 터였다.

그만큼 꼭 할 이야기가 있었기에 아라도 나름대로 단단히 마음의 준비를 하고 온 것이다.

그런데 너무나 간단하게 재중이 허락하자 안도의 한숨을 쉴 수 있게 되었다.

하지만 또 한편으로는 더욱 긴장되는 것도 어쩔 수가 없었다.

재중은 천서영에게 양해를 구하고는 아라와 함께 자리를 떴다.

Chapter 04
마나 저항증후군

두 사람은 나름 사람이 자주 다니지 않는 허름하면서도 조용한 카페를 찾아 들어섰다.

자리를 잡고 앉은 재중은 아라의 긴장이 풀리기를 기다리듯 잠시간 가만히 있었다.

그리고 10여 분이 지났을 때쯤, 재중이 조용히 입을 열었다.

"굳이 숙소를 몰래 나와 나를 찾아온 이유를 이제 듣고 싶네요, 아라 씨."

"……."

아라 본인이 일부러 재중을 찾아온 거였다.

그럼에도 불구하고 소속사 대표를 마주했다는 상황 때문인지 긴장이 쉽게 풀리지 않는 건 어쩔 수 없는 듯했다.

긴장한 중에 재중이 먼저 말을 걸어줬기 때문일까?

아라가 살짝 놀란 듯한 표정을 지었다.

그리고 잠시 뒤, 아라가 의외로 재중을 똑바로 쳐다보며 입을 열었다.

"대표님께 감사하다는 말을 꼭 해야만 할 것 같아서요."

"……?"

재중은 아라가 갑자기 자신에게 감사하다는 인사와 함께 정말 진심으로 고개를 숙여 인사하는 모습에 오히려 고개를 갸웃거렸다.

재중이 베인티의 데뷔에 도움을 준 것은 사실이다.

그녀들의 데뷔 초기 노래부터 시작해서 싹 바꿔 버렸으니 말이다.

뭐 그런 뜻에서 감사하다는 인사라면 사실 재중에게보다는 윤태형 이사가 받는 것이 더 정확할 것이다.

그녀들을 처음부터 지금까지 키운 사람이니 재중이 이런 생각을 하는 것은 당연했다.

그런데,

"저를 구해주신 것에 대해 좀 더 일찍 찾아뵙고 감사 인사를 드렸어야 하는데 늦어서 죄송해요, 대표님."

"……!!"

아라의 입에서 자신을 구해줬다는 말이 나오자 순간 재중의 눈빛이 차갑게 가라앉았다.

분명 아라는 테라가 마법으로 꿈속에서 기억을 조작했다.

자신이 납치되었다는 것을 그저 악몽을 꾼 것처럼 기억하도록 바꿔놓은 것이다.

그런데 지금 아라의 말을 들어보면 그 마법이 실패했다는 결론이 나온다.

"누구에게 들었나요?"

사실상 아라가 납치당했다는 사실을 아는 사람이 세상에 존재할 리가 없다.

기획사의 사람들도 그저 매니저인 김준의 실수로 아라가 몇 시간 동안 연락 두절되었을 뿐이라고 알고 있으니 말이다.

"네? 아, 아니에요. 그걸 누구에게 듣다니요. 제가 배 안에 갇혀 있던 기억을 누구에게 들어서 알 수 있나요, 대표님?"

재중의 말에 손사래를 치면서까지 크게 부정하는 아라였다.

그 모습에 재중은 자신도 모르게 작은 한숨을 쉬었다.

'테라.'

―네, 마스터.

'이거 어떻게 된 건지 설명 좀 해봐.'

당연히 마법으로 기억 조작을 당한 아라다.

그런데 이게 웬일?

아라는 자신이 납치당해 배 안에 갇혀 있었던 기억을 모두 고스란히 가지고 있는 것이다.

물론 지금 그런 일을 당한 것치고는 행동이 달라진 것은 없었다.

하지만 지금 아라의 말이 진실이라는 것쯤은 굳이 확인하지 않아도 모두 선명하게 보였다.

재중의 질문에 테라가 머뭇거리며 대답했다.

―아, 그게… 마스터, 아무래도 그녀는 마나 저항증후군인 것 같아요.

"응? 마나 저항증후군? 설마 인위적으로 마나를 사용하는 모든 마법에 저항을 가지는 체질을 말하는 건 아니겠지?"

재중은 마나 저항증후군이라는 말을 듣는 순간 대륙에서 베르벤에게 들었던 이야기가 바로 떠올랐다.

확률적으로 극소수, 아니, 대륙의 수많은 사람 중에서도 불과 한 명이 있을까 말까 한 것이 바로 마나 저항증후군이다.

대륙의 경우 흔히 마나를 접하면서 마나와 친숙해지는 사람이 대부분이다.

그런 대륙의 상황을 보면 정말 상식적으로 이해가 가지 않는 것이 바로 마나 저항증후군이다.

하지만 대륙의 역사에서도 몇 명 나타났다는 기록이 있었다.

그러니 그런 체질이 있는 것이 사실이긴 했다.

다만 문제는 왜 그 마나 저항 체질이 하필이면 재중이 기억을 지워야 하는 아라에게서 나타났느냐는 것이다.

—그게 사실 마나 저항증후군은 후천적으로 나타나는 증상이라……. 아무래도 그때 납치되어서 고깃배에 갇혀 있을 때 심리적으로 극한까지 내몰리면서 마나 저항증후군 증상이 나타난 것 같아요.

마나 저항증후군의 원인은 아직 밝혀지지 않았다는 게 일반적인 대륙의 정설이다.

하지만 드래곤의 마도서인 테라는 원인을 알고 있는지 아라에게 나타난 현상에 대해 조심스럽게 추측을 내놓았다.

그리고 테라의 대답을 듣는 순간 재중은 자연스럽게 고

민이 생겨 버렸다.

이걸 어떻게 해결해야 하는지에 대한 고민이다.

이전 아라에게 벌어진 일에 대해서 현재는 아라가 납치된 것이 아니라 잠깐 연락 두절되었던 걸로 모두가 알고 있다.

하지만 문제는 정작 본인인 아라는 자신이 납치되었다는 것을 너무나 선명하게 기억하고 있다는 것이다.

재중으로서는 고민이 될 수밖에 없었다.

그뿐인가?

아라는 정말 로또 확률보다 몇 배는 힘들다는 마법에 기본적으로 저항을 가지는 체질인 마나 저항증후군까지 가지고 있었다.

앞으로도 마법으로 그녀의 기억을 조작하는 것은 사실상 불가능했다.

그러다 보니 사면초가, 진퇴양난이라는 말이 지금 재중의 심정을 딱 표현해 주고 있는 중이다.

'방법이 없는 거야?'

―그게… 아예 기억을 완전히 바꿔야 하는데, 그건 아무래도 후유증이 너무 심한 편이에요. 그런데 마나 저항증후군까지 있으니… 아주 높은 확률로 백치가 되거나, 아니면 마법을 견디지 못한 뇌가 그대로 죽어버릴 수도 있어요. 사

실상…….

'방법이 없다는 말이군.'

마법이라고 모두 만능은 아니었다.

그저 만능처럼 보일 뿐이지 마법도 마법이 가지는 독특한 법칙과 제한이 있었다.

그리고 그런 제한 중에서 살아 있는 이성을 가진 존재의 기억을 건드리는 것은 가장 하기 어려운 부분에 속했다.

사실 드래곤이 작정하고 준비해 마법을 실행해도 확률이 극악이었다.

그런데 아라는 마나 저항증후군까지 있다고 한다.

사실상 그녀에게 기억 조작 마법을 사용한다는 것은 불가능하다는 결론이다.

—네.

마법이라면 그 누구보다 자신있어 하던 테라이기에 지금 아라의 일에는 아무래도 의기소침해질 수밖에 없는 듯했다.

대답하는 목소리가 풀이 죽어 있다.

'아니야. 이건 그 누구도 예상하지 못한 일이니까 어쩔 수 없지.'

—하지만…….

'이미 지나간 일은 잊는 거다. 그리고 테라.'

—네, 마스터.

'마법은 만능이 아니야. 그만 기분 풀어라.'

—네. 죄송해요, 마스터.

마법이 통하지 않는 이상 테라의 도움도 받을 수 없었다.

결국 재중은 자신이 알아서 해야 한다는 결론을 내리게 되었다.

기죽은 테라에게 간단하게 한마디 한 재중이 시선을 아라에게 돌렸다.

"……."

한편 재중이 갑자기 눈을 지그시 감고 생각에 잠긴 모습에 아라는 자신이 뭔가 잘못한 줄 알고 긴장한 채 손가락만 꼼지락거리고 있었다.

물론 그 시간에 재중은 테라와 대화를 하는 중이었지만, 그녀가 그걸 알 리가 없다.

오히려 조용해진 재중의 모습이 그녀의 긴장감을 높이는 꼴이었던 것이다.

"아라 씨."

"네, 대표님."

긴장한 티가 역력했지만 역시나 재중을 쳐다보는 눈동자만큼은 피하지 않는, 조금은 의외의 모습을 보여주는 아라였다.

"이상하지 않았나요? 본인이 알고 있는 것과 주변 사람들이 알고 있는 것이 다르다는 것이요."

재중은 혹시나 기억의 혼란이 왔을지 모른다는 생각에 물었다.

그런데 아라는 생각할 것도 없이 바로 대답했다.

"대표님께서 아무도 모르게 하셨을 거라고 생각했어요. 소속 가수에게 나쁜 소문이 퍼지는 것이 좋을 리가 없으니까요."

"하긴……."

그나마 천만다행이라고 해야 할지, 아라는 매니저인 김 군이 이미 죽은 사람이라는 사실을 전혀 알지 못하고 있었다.

그녀가 잡히고 나서 매니저인 김 군이 죽임을 당했으니 말이다.

그리고 배 안에서 불안정한 아라의 상태 때문에 슬립 마법으로 잠재워 버렸던 것도 또 하나의 다행이라면 다행이었다.

그래서인지 그녀는 자신이 납치를 당해 재중이 구해줬다는 것은 알고 있지만, 이상하게 그런 일을 당한 것에 비해서는 재중의 예상보다 훨씬 정상적으로 활동하고 있다.

보통은 그렇게 납치를 당하고 나면 발작이나 우울증, 착란 증상을 보이기 마련이다.

외상 후 스트레스 증상이 나타나는 것은 거의 필수라고 할 만큼 큰 사건이었으니 말이다.

교통사고만 당해도 사람은 외상 후 스트레스로 인해 한동안 고생하곤 한다.

그런데 아라는 이상하게 그런 모습이 전혀 보이지 않고 있었다.

아니, 오히려 전혀 달라진 것 없는 평범한 모습이었기에 재중은 아라가 마법으로 인해 기억이 완전히 바뀌었다고 생각했던 것이다.

그녀가 이렇게 직접 찾아오지 않았다면 아마 영원히 몰랐을 정도로 말이다.

"괜찮나요?"

재중은 보기에도 멀쩡해 보이지만 혹시나 하는 마음에 아라에게 물었다.

"네? 아, 네. 저도… 제가 크게 달라졌다는 것을 느끼지 못하고 있기도 하고, 멤버들도 제가 납치되었다는 것을 전혀 모르고 있어요. 이 정도면 괜찮은 거 아닐까요? 대표님이 보시기에는 제가 좀 이상하지 않았나요?"

오히려 재중에게 자신이 뭔가 이상하지 않았냐고 묻는 아라다.

재중은 피식 웃어버렸다.

이건 담력이 크다고 해야 할지, 아니면 성격이 대단하다고 해야 할지 판단이 서지 않는다.

재중은 아라의 모습에 기가 막히기도 했다.

“원한다면 정신과 상담을 주선해 줄 수도 있어요.”

재중은 혹시라도 모른다는 생각에 말했지만 아라는 고개를 저었다.

“괜찮아요. 다만 감사하다는 인사를 드리고 싶었는데 늦어버린 것이 죄송할 따름이에요.”

아라는 소속사 아무도 자신이 납치된 것을 모른다면 재중이 일부러 그렇게 처리했을 것이라고 생각했다.

그리고 동시에 고민에 빠져 버린 것이다.

아라가 생각하기에 자신은 재중에게 목숨을 구원받은 입장이다.

직접 찾아가서 감사의 인사를 하는 것이 당연했다.

이건 소속사 직원과 대표라는 직책을 떠나 사람 대 사람으로서 당연히 해야 한다고 생각하는 아라였으니 말이다.

그런데 이상하게 아무도 아라가 납치되었다는 것을 아는 사람이 없었다.

그러다 보니 아라가 재중을 개인적으로 만나려고 해도 사실상 거의 불가능할 수밖에 없었다.

재중이 다른 기획사 대표처럼 SY미디어를 자주 찾아오기라도 하면 그나마 기회가 있었을 것이다.

하지만 이미 기획사 안에서도 재중 얼굴 보는 날은 로또 복권을 사야 한다는 말이 나올 정도였다.

오죽 사무실에 얼굴을 보이지 않으면 그런 말이 나오겠는가.

하지만 보통 때는 재중의 그런 스타일이 모두에게 편한 것이 당연했다.

하지만 지금 아라에게는 재중이 사무실에 거의 모습을 드러내지 않는다는 것이 최악의 상황이었다.

거기다 아라가 재중에 대해서 알고 있는 것은 S대 다닌다는 것 단 하나뿐이었다.

결국 혼자서 고민하다 결론을 내린 것이 또다시 개인행동을 해서 혼이 나더라도 직접 S대로 찾아가 재중을 기다리는 것이었던 셈이다.

결과적으로 이렇게 재중을 만났으니 그녀의 판단이 틀렸다고는 할 수 없다.

하지만 아마 지금쯤이면 윤태형 이사도 아라가 숙소에서 사라졌다는 것을 알아차렸을 것이다.

아라가 S대 입구에서 재중을 기다린 것만 벌써 몇 시간이니 말이다.

"그건 괜찮아요. 대표가 소속 직원을 보호하는 것은 당연한 일이니까요."

재중은 별거 아니라는 듯 말하면서 슬쩍 시계를 보는 척했다.

이런 자리에 오래 있어 봐야 아라는 계속 고맙다고 할 것이고, 재중은 그걸 받아주어야 할 터다.

차라리 빨리 일어서는 것이 긴장하고 있는 아라를 위한 일이었다.

"지금쯤이면 윤 이사님이 난리가 났겠군요."

재중이 장난스럽게 말하자,

"…아마 이사님한테 또 혼날 테지만, 이미 그건 각오한 일이에요."

씨익.

재중은 처음에는 마법으로 지워 버린 기억을 가지고 있는 아라의 모습에 당황해서 의식하지 못했는데, 이제 보니 아라의 모습이 조금은 새롭게 느껴졌다.

지금 아라가 재중에게서 무언가 조금이라도 얻어내려고 하는 낌새가 보였다면 아마 실망했을 것이다.

하지만 이젠 소속 가수로서 기억에 남을 것이다.

재중의 눈을 속인다는 것은 사실상 불가능했으니 말이다.

자신이 혼날 것을 알면서도 재중을 몰래 찾아온 것을 보면 세심한 성격과 함께 의외로 대범하게 결정한 일을 추진하는 추진력이 보였다.

그것이 재중에게는 의외였다.

최소한 아라가 똑바로 자랐다는 것을 보여주는 행동이었으니 말이다.

"제가 윤 이사님에게 미리 전화를 해드릴까요?"

재중이 슬쩍 아라를 보면서 물어보자 아라의 입가에 미소가 그려지면서 0.1초의 고민도 없이 고개를 끄덕인다.

"후후훗, 알았어요. 하지만 알죠? 이건 그 누구도 알아서 안 되는걸?"

재중이 장난 같으면서도 목소리에 살짝 힘을 주어 말하자 아라는 고개를 크게 끄덕였다.

사실 이건 재중이 말하라고 시켜도 아라 스스로가 필사적으로 막을 수밖에 없는 일이다.

한번 확인 차 말한 것일 뿐, 사실상 쓸데없는 주의에 불과하다.

그런데 재중이 아라와 이야기를 끝내고 일어서려는 때였다.

누군가가 재중과 아라가 마주 보고 있는 탁자에 다가와 서는 게 아닌가?

"이런, 이게 누구십니까? 베인티의 아라 양 아닌가요?"

"……!!"

아라는 순간 낯선 남자가 자신을 알아봤다는 것에 화들짝 놀랐다.

무심결에 고개를 돌려 40대 초반의 남자를 쳐다본 아라는 순간 실수를 깨달았는지 고개를 급히 돌렸다.

불과 1초 남짓이다.

아라와 그 남자의 시선이 마주한 것이 말이다.

하지만 그 남자에게 아라의 얼굴을 확인시켜 주기에는 충분했다.

"역시 제 눈이 정확했네요. 요즘 한창 주가를 올리고 있는 베인티의 아라 양을 이곳에서 보다니 제가 참 운이 좋나 보군요. 그렇게 생각하지 않나요? 옆의 남성분도요."

의도적으로 재중을 쳐다보면서 능글능글한 웃음을 짓는 남자였다.

재중을 향해 능글거리며 미소를 보내는 그의 눈빛에는 옷을 벗겨서라도 재중의 정체를 알아내겠다는 탐욕이 가득 차 있다.

"사, 사람 잘못 보셨어요. 전 그런 사람 아니에요."

아라가 뒤늦게 아니라고 발뺌했다.

하지만 이제 데뷔한 지 얼마 되지 않는 신인이 대응하기에는 결코 쉽지 않은 상황이었다.

거기다 아라를 알아본 남자가 슬쩍 자신의 품에서 무언가를 꺼내 보내주면서 말했다.

"전 포데일리의 기자 박동철이라고 합니다. 아라 씨가 아실지 모르겠는데, 베인티가 처음 데뷔할 때 인터뷰를 한 적도 있거든요. 아, 정말 이건 인연이네요. 후후후후훗."

"……!!"

그 말에 아라의 표정이 급격하게 굳어지기 시작한 것은 당연했다.

일반 자신의 팬에게 걸려도 사실 난감하다.

그런데 하필이면 기자라니.

아직 연예계 생활이 그리 길지 않은 아라는 허둥대면서 일어서려고 했다.

하지만 상대는 이미 연예부 기자 생활만 10년이 넘게 한 사람이다.

당연히 자리를 잡을 때부터 아라가 빠져나갈 수 있는 길목은 막아놓았을 것이다.

"이런, 제가 알기로 오늘 아라 씨는 스케줄이 없는데 어디 바쁜 일 있으세요? 이렇게 좋은 분위기에 일어나시다니 말입니다."

"……."

박동철이 아라에게 하는 말을 그저 듣기만 하던 재중은 방금 그의 말에서 뭔가 이상한 것을 느꼈다.

연예부 기자라고 하지만 아라의 스케줄을 너무 자세하게 알고 있다는 것이 이상했다.

그런데 한 가지 이상한 점이 느껴지자 박동철의 등장부터 모두가 의심이 들기 시작했다.

재중은 나직이 테라를 불렀다.

'저 녀석, 언제부터 따라다닌 거지?'

—음, 그다지 악의나 적의는 없기에 무시했는데 아라가 마스터를 기다리기 위해 S대 정문에서 기다리는 순간부터 멀찌감치 떨어져서 어슬렁거리긴 했어요, 마스터.

'훗, 계획적이군.'

박동철의 등장, 그리고 이렇게 절묘한 시점에 나타난 타이밍까지 우연이라고 하기에는 무리였다.

아니, 이걸 우연이라고 받아들인다면 정말 순진한 녀석이다.

재중의 맞은편에 앉아 있는 아라는 정말 우연으로 생각하는 듯했지만 말이다.

"당신이 원하는 게 뭐지?"

재중이 가만히 박동철이 아라를 몰아세우는 것을 지켜보다가 나직하게 한마디 하자,

"이런. 뭐, 그쪽에서 먼저 물어준다면야 나로서도 반가운 일인데 오히려 제가 묻고 싶은데요? 베인티의 아라와 S대 학생의 만남이라……. 이게 뭘 뜻하는 걸까요?"

누런 이빨을 드러낸 채 웃고 있는 박동철의 미소는 음흉한 마족의 웃음과 많이 닮아 있다.

반면 재중도 박동철의 말을 듣고서는 입가에 미소를 그렸다.

방금 박동철 그가 한 말에서 예상외로 재중을 전혀 모르고 있다는 것을 알았으니 말이다.

스윽~

미소와 함께 자리에서 일어난 재중이 박동철을 쳐다보자 그도 재중과 눈을 마주했다.

아무래도 지금 그가 노리는 것은 재중과 아라의 연예 스캔들일 테니 말이다.

하지만 그게 박동철에게는 불행의 시작이라는 것을 그 자신은 모르고 있었다.

사락~

재중의 눈이 은빛으로 살짝 바뀌는 순간,

멈칫!

박동철의 몸이 뻣뻣하게 굳은 듯 멈추었다.

물론 곧 풀리긴 했지만 몸이 풀리면서 박동철의 눈동자

도 같이 풀린 것이다.

"따라와."

재중이 나직하게 박동철에게 명령하듯 한마디 하고 걸음을 옮겼다.

그러자 신기하게도 박동철이 재중의 말을 따라 걸음을 옮기기 시작했다.

그런데 재중이 몇 걸음 걸었을까?

멈춰서 뒤돌아보자 박동철과 함께 아라도 일어서서 뒤따라오는 것이 아닌가?

"…쩝. 어차피 마나 저항증후군이라면 의미가 없지."

재중은 이곳에 아라를 혼자 두는 것이 오히려 더욱 많은 구설수와 베인티의 위기를 불러올 수 있다는 생각에 그냥 말없이 발걸음을 옮겼다.

그러자 아라도 재중의 생각을 읽었는지 조용히 따라나섰다.

재중이 박동철을 끌고 도착한 곳은 사람이 거의 찾지 않는 뒷산의 허름한 벤치였다.

"우선 군이 알아서 좋을 것이 없을 테니……."

재중이 중얼거리면서 슬쩍 아라를 쳐다봤다.

지금부터 아라가 알아서 좋을 게 없는 장면이 벌어질 테니 차후의 귀찮음을 벗어나기 위해 조치가 필요한 터였다.

재중의 시선이 아라에게 닿은 것과 동시였다.

휙~!

아라의 그림자 속에서 테라가 갑자기 튀어나오더니,

—슬립!

아라에게 바로 슬립 마법을 걸었다.

그런데 테라의 손끝에서 푸른빛이 뿜어져 나와 아라의 몸속으로 스며드는 듯하더니 마치 불꽃이 팍 꺼지듯 푸른빛이 사라져 버렸다.

—이런, 역시 마나 저항증후군이네요.

테라도 이미 아라가 마법이 잘 통하지 않는 체질이 되어 버렸다는 것을 알고 있다.

그래서 일부러 강하게 수면 마법을 썼지만, 역시나 마나 저항증후군으로 바뀐 아라의 몸은 슬립 마법조차 무효화시켜 버렸다.

마치 재중이 마법에 면역을 가진 것처럼 말이다.

물론 재중처럼 완전히 마법을 100% 무효화시키는 정도는 아니다.

하지만 테라의 마법을 중간에 무효화시키는 정도만 해도 굉장한 편이다.

아마 아라가 대륙에서 자신의 체질을 각성했다면 마법사들의 아주 좋은 실험체가 되었을 것이다.

"역시……."

재중은 혹시나 했던 기대가 역시나로 끝나자 작은 한숨과 함께 고개를 살짝 끄덕였다.

그러가 테라는 아주 조용히 재중 외에는 아무도 모르게 다시 아라의 그림자 속으로 사라져 버렸다.

대신 재중이 아라의 곁에 살짝 다가가서는,

"굳이 몰라도 될 것을 알게 되었다면 아라 씨는 어떻게 할 건가요?"

의미심장하게 슬쩍 말을 건넸다.

예상치 못한 재중의 질문에 아라가 머뭇거리면서 대답했다.

"네? 그, 그게… 안 듣는 것이… 좋을 거라고 생각해요."

지금 아라는 자신 때문에 재중이 곤경에 처했다고 생각하고 있기에 잔뜩 긴장하고 있었다.

어깨도 뻣뻣하게 굳은 상태다.

그런데 거기다 재중이 뭔가 의미심장하게 말하자 더욱 긴장한 것이다.

"뭐… 그렇긴 하네요. 하지만 어쩔 수 없이 들었다면 조용히 아무도 모르게 입 다무는 것이 좋다는 것은 알고 있겠죠?"

"네? 네, 대표님. 잘 알겠습니다."

순진하지만 아주 눈치가 없는 것은 아니었나 보다.

아라가 그제야 재중이 하는 말을 알아듣고는 크게 고개를 끄덕이면서 대답했다.

재중의 입가에도 미소가 그려졌다.

"딱히… 말해도 상관없지만요."

흠칫!

아라는 재중의 마지막 말을 듣는 순간 무언가 날카로운 것이 자신의 가슴을 뚫고 지나가는 듯한 느낌을 받았다.

동시에 자신이 지금 얼마나 바보 같은 짓을 했는지 깨달았다.

재중은 애초에 자신에게 감사의 인사 따위는 전혀 생각지도 않고 있었으니 말이다.

아니, 오히려 자신이 쓸데없이 움직이는 바람에 일이 이 지경이 되어버렸다.

선의가 오히려 상대에게 피해를 주게 되는 경우가 세상을 살다 보면 제법 있다.

아라의 경우는 그 피해가 자신의 연예계 생활까지 좌우할 수 있을 만큼 크다는 게 좀 문제이긴 했다.

"누구 지시지?"

재중이 뜬금없이 박동철에게 물어봤다.

흠칫!

재중의 드래곤 아이에 이지를 제압당하긴 했지만 역시나 10년 넘는 기자 생활의 깡다구가 아직은 살아 있는 듯했다.

박동철이 재중의 명령에 반항하듯 몸을 움찔거렸다.

하지만 그것도 잠시,

"…제갈… 민의… 지시를… 받고… 지금까지… 아라를 …미행했습니다."

"제갈민?"

재중이 처음 듣는 이름이기에 되물어보자,

"인천… 차이나타운에 있는… 제갈세가… 사람으로… 얼마 전 아라 양의 납치를… 지시했던… 사람입니다."

'헉!'

뒤에서 듣고 있던 아라의 눈동자가 크게 흔들렸다.

박동철의 말을 통해 자신을 납치하라고 명령한 사람이 누군지 알게 된 것이다.

순간적으로 튀어나오는 비명은 가까스로 틀어막긴 했지만 흔들리는 눈동자까지는 어쩔 수 없었다.

물론 재중은 박동철이 이렇게 계획적으로 아라를 미행했을 때는 당연히 누군가의 지시가 있었을 것이라고 예상하고 있었다.

재중에게는 그리 놀라운 일이 아니다.

베인티가 인기가 있는 것은 사실이다.

하지만 그게 전부이다.

베인티는 이제 데뷔한 지 얼마 되지 않는 신인 걸 그룹이 아닌가?

사실 걸 그룹을 좋아하는 사람들 외에는 베인티의 존재조차 모르는 사람이 대부분인 것이 현실이다.

그런데 그런 베인티의 멤버인 아라를 이렇게 집요하게 미행해 연예 스캔들을 캐내봐야 남는 게 없다.

그건 가십거리에 불과할 뿐이다.

10년 넘게 연예부 기자 생활을 한 박동철이다.

베테랑인 그라면 오히려 오늘 같은 일은 일단 묵혀뒀다가 나중에 베인티가 크게 인기를 얻어서 어느 정도 인지도를 얻은 다음에 터뜨리는 게 훨씬 기삿거리가 된다는 걸 모르지 않을 것이다.

아라는 아직 데뷔 초기의 순진한 녀석이라 기자라면 우선 당황하고 겁먹어서 그런 것을 생각하지 못했는지도 모른다.

하지만 재중에게는 박동철의 등장부터 너무나 어설프고 뭔가 억지로 끼워 맞춘 듯한 느낌이 들었다.

등장부터 냄새가 난 셈이다.

그래서 일부러 드래곤 아이로 이지를 제압하고서 물어본 것이다.

그리고 박동철의 입에서 나온 대답은 역시나 재중이 예상한 대로였다.

"왜 아라를 노린 거지?"

재중이 나직이 다시 박동철에게 물어보자,

"그, 그건 저도 잘… 모릅니다. 그저 저는… 아라 양이… 실종되면… 기사를 쓰기로… 했을… 뿐입니다."

뭐 대충 이럴 것이라고 예상한 재중이었다.

이렇게 딱 그 두 가지만 물어본 재중이 자리에서 일어서더니 아라를 보면서 말했다.

"가죠. 이제는 사무실로 돌아가야 할 시간이 된 것 같네요."

"네? 아, 네, 대표님."

아무렇지 않은 듯 평온한 표정의 재중이 박동철을 없는 사람 취급하며 무시하고 걸음을 옮겼다.

그러자 뒤따르던 아라가 조금 당황스러운 목소리로 재중을 불렀다.

"대표님."

"네?"

"저기… 저 기자님은 어떻게 해요?"

"아, 신경 쓰지 말아요. 제가 알아서 할 테니까요."

"네? 아, 네."

아라는 무의식적으로 물었다가 재중과 눈이 마주치는 순간 정신이 번쩍 들었다.

조금 전 재중이 한 말이 떠오른 탓이다.

자신이 알아서 좋을 것이 없다면 모른 체하는 것이 최선이다.

박동철의 처리를 염려하던 아라의 걱정이 무색하게도, 재중과 아라가 아래쪽으로 내려가 멀리 떨어지자마자 박동철의 그림자에서 테라가 모습을 드러냈다.

—마스터의 명령이 아니라도 넌 살 가치가 없겠어.

박동철은 아라가 납치될 것이라는 것을 사전에 알고 있었는데도 모른 체했다.

그것이 박동철의 삶을 결정짓는 저울의 추가 죽음으로 기우는 데 많은 역할을 했다.

아마 그것으로 끝이라면 재중도 굳이 움직이지 않았을 것이다.

그래도 국내에서 활동하는 연예인을 납치하려고 했던 녀석들이다.

그냥 이대로 포기한다면 재중으로서는 귀찮은 일이 없는 것일 뿐이고, 지금처럼 찾아온다면 그저 세상에서 지워 버리면 되는 일이다.

물론 그 첫 번째 녀석이 지금 테라의 눈앞에 있는 박동철이지만 말이다.

딱~

테라가 박동철의 귓가에 손가락을 살짝 튕기자,

"네, 주인님."

테라가 딱히 무슨 명령을 내린 것도 아닌데 박동철이 대답하며 천천히 걸어서 내려가기 시작했다.

그리고 자신의 차로 돌아가 시동을 켜더니 도로로 나간다.

박동철의 행동은 지극히 자연스러워 이상한 점을 찾아볼 수 없었다.

당연히 주변에 그것을 이상하게 생각하는 사람도 아무도 없었다.

그런데 박동철이 도로로 나간 지 불과 1분이나 지났을까?

쾅!!

박동철의 차가 엄청난 굉음과 함께 도로 구석에 주차되어 있는 컨테이너 운반용 트럭을 향해 맹렬히 돌진하더니 그대로 들이받아 버렸다.

물론 안전벨트를 하고 있던 박동철이지만 차가 이미 트럭 아래로 들어가 버린 상태였다.

겨우 안전벨트를 하고 있다고 살아남기를 바라는 것은

기적에 가까웠다.

뒤늦게 달려온 구급대원들이 박동철의 차를 꺼내는 데만 무려 30분이 넘게 걸렸을 만큼 이상하게 트럭 밑으로 완전히 들어가 버린 것이다.

당연히 박동철의 시신이 형체를 알아볼 수도 없을 만큼 처참한 것은 당연했다.

시체 훼손이 너무 심해서 DNA 검사를 하고서야 박동철의 신원을 겨우 파악했을 정도이다.

Chapter 05
오대세가와 사파일방

인천의 항구.

그중에서도 중국에서 건너온 수많은 컨테이너를 관리하는 관리사무소가 한눈에 보이는 높은 타워크레인의 꼭대기.

재중이 그곳에 모습을 드러낸 것은 세상이 완전히 어둠 속에 집어삼켜졌을 무렵이다.

"테라."

—네, 마스터.

"제갈민이 누구냐?"

—제갈민은 중국 내 제갈세가의 방계에 속하는 사람이에요, 마스터.

"방계?"

—네. 지금은 거의 사라진 가족 제도지만 중국에서는 아직 전통을 지킨다면서 직계와 방계를 나누는 것이 여전한 듯해요.

직계가 장손들의 가족들만 이뤄진 체계라면, 반대로 방계는 시집을 가거나 해서 핏줄은 이어져 있지만 사실상 세가에서 영향력은 거의 없는 사람들이다.

하지만 방계라고 해도 완전히 찬밥 취급을 받는 것은 아니었다.

방계 중에서도 능력이 출중하거나 실력이 좋은 녀석들은 직계에 가까이 갈 수 있는 기회를 얻을 수 있었으니 말이다.

"제갈세가라면… 삼합회 녀석인가?"

재중이 중국에서 가장 큰 집단을 떠올린다면 당연히 삼합회였다.

하지만 재중의 말을 들은 테라는 고개를 저었다.

—그게 삼합회가 대외적으로 구룡회에 의해 움직이는 커다란 집단이긴 해요. 하지만 그건 겉으로 드러난 사람들일 뿐이에요.

"응? 무슨 뜻이지?"

ㅡ제갈민에 대해서 알아보다가 아이린에게 들은 정보에 의하면 구룡회의 핵심이 바로 오대세가와 사파일방이었어요.

"무협소설이니?"

재중은 테라의 말에 심드렁한 표정으로 되물었다.

하지만 대수롭잖게 받아들인 재중과 달리 테라의 표정은 너무나 진지했다.

ㅡ남궁세가, 제갈세가, 사천당가, 황보세가, 하북팽가, 이렇게 오대세가가 삼합회를 구성하는 구룡회 중에 일룡부터 오룡을 담당하고 있구요, 점창파, 아미파, 공동파, 화산파 사파가 육룡부터 구룡까지 담당하고 있는 게 바로 삼합회였어요, 마스터. 개방은 구성원은 아니지만 오랜 협력 관계에 있고요.

"갈수록 태산이군. 그런데 오대세가는 그대로 남아 있는 듯한데 어째서 사파일방이지? 내 기억으로는 구파일방 같은데?"

뭐, 테라가 알아온 정보이니 정보의 신빙성은 의심할 여지가 없다.

재중이 받아들이는 것에는 크게 문제가 없었다.

하지만 오대세가는 그대로 남아 있는 반면, 어째서인지 구파일방은 사라지고 사파일방이 남아 있는 것이 조금 의문이다.

―그게 구파일방과 오대세가의 본질적인 차이점 때문인 것 같아요, 마스터.

"본질의 차이?"

―오대세가는 모두 혈연으로 이어진 사람들끼리 뭉친 가족이라는 특징이 있는 반면, 구파일방은 문원을 받아들이는 식으로 사람을 늘려 세력을 키우는 곳이에요. 뭐 그냥 그대로 시대가 이어졌다면 문제가 없었겠지만 아무래도 오대세가와 구파일방이 확연하게 차이가 벌어지게 된 건은 전쟁 때문이었어요.

"전쟁……. 하긴 뜨내기들보다는 핏줄이 이어진 가족이 더욱 믿을 수 있고 결속력이 단단한 법이니."

―네, 마스터. 생각대로 오대세가는 전쟁이 벌어지고 중국이 일본에 항복하는 순간 가족끼리 똘똘 뭉쳤죠. 겉으로 쇠퇴한 것처럼 보였지만 실제로는 직계 자손들이 멀쩡하게 살아 있기에 살아남아 힘을 키웠고, 구파일방은 아무래도 외부의 첩자나 사람이 침입하기 쉬운 형태이다 보니 빠르게 와해되어 버렸나 봐요.

"그래서 남은 사파가 바로 점창파, 아미파, 공동파, 화산파란 말이지?"

―네. 다른 파는 모두 이제 전설 속에 사라졌거나, 아니

면 그냥 겨우 이름만 유지할 뿐 사실상 과거의 위세는 완전히 사라진 셈이에요.

"잠깐만. 오대세가에서 삼합회의 일룡부터 오룡까지 담당하고 있다는 말은?"

—후후훗, 예상하신 대로예요. 마스터께서 크루즈에서 죽인 오룡은 오대세가의 인물이었어요. 오대세가 중에서도 하북팽가의 가주를 마스터께서 처리하신 셈이에요.

재중은 정말 뜻하지 않게 삼합회의 구룡회를 구성하는 핵심인 오대세가 중에서도 하북팽가의 가주를 죽이는 결과를 만든 셈이다.

의도하지는 않았지만 말이다.

그리고 그제야 재중은 어째서 겨우 오룡의 자리에 있는 녀석 하나가 죽었는데 삼합회가 그렇게 혼란스러워졌는지도 이해가 되었다.

하북팽가의 실제 가주가 갑자기 죽어버린 것은 결코 작은 일이 아닐 수 없다.

하나의 커다란 세가를 집어삼킬 수 있는 기회가 생겨난 것이다.

다른 사대세가와 사파일방들이 그걸 그냥 두고 본다는 것은 사실상 있을 수 없는 일이니 말이다.

그러자 그동안 이어지지 않던 퍼즐들이 조금씩 이어지기

시작했다.

"오룡이 죽자 이룡이 세력을 흡수하기 위해서 빠르게 움직였다고 했지? 그럼 그때 움직인 이룡이 바로 제갈세가겠군."

재중의 정확한 추리에 테라는 싱긋 웃으면서 고개를 끄덕이며 말했다.

—하북팽가와 제갈세가가 서로 위치상 가까이 있는 것도 하나의 이유이긴 하지만, 누구보다 오룡인 하북팽가의 가주가 죽었다는 것을 빠르게 알아차린 데는 이유가 있죠. 때마침 하북팽가와 제갈세가 사이에 혼담이 오가고 있는 중이었어요, 마스터.

"훗, 내가 타이밍 좋게 끼어든 것인가?"

서로 세력이 커지는 것을 견제하면서도 서로가 이익을 위해서 돕고 있던 하북팽가와 제갈세가였다.

그런데 그 누구도 예상하지 못한 재중의 난입으로 하북팽가가 한순간에 크게 흔들린 것이다.

가주의 죽음이 결코 적은 충격이 아닐 테니 말이다.

때마침 혼담이 오가던 제갈세가에서 그걸 눈치채지 못할 리가 없었다.

과거부터 제갈세가라면 머리가 좋기로 중국 내에서도 둘째가라면 서러워하는 가문이다.

혼담이 오가는 사이였지만 어차피 서로 동맹을 위한 결혼이었다.

당연히 제갈세가가 하북팽가에 빠르게 쳐들어가는 것은 불 보듯 뻔한 일이었다.

문제라면 하북팽가의 저항이 생각 이상으로 강했다는 부분이다.

하북팽가의 저항에 막혀 잠깐 주춤한 것이 바로 제갈세가에게는 천추의 한으로 남을 실수가 되어버린 것이다.

늦긴 했지만 결국 다른 세가와 일방에서도 하북팽가의 소식을 들을 수밖에 없다.

그들은 제갈세가가 하북팽가를 집어삼키려는 것을 알자마자 바로 견제를 시작했으니 말이다.

그동안 삼합회 내의 중심이던 오대세가와 사파일방의 균형은 아슬아슬하게 유지되어 왔다.

결과적으로 재중은 그 균형을 한순간에 무너뜨려 버린 것이다.

그리고 그런 혼란 속에서 재중에 관한 일은 삼합회 내에서도 깨끗하게 잊혀 버렸다.

물론 그 이면에는 테라의 부탁을 받은 아이린의 도움이 있었다.

아이란이 삼합회 중심이 흔들리는 틈을 타서 재중에 관

한 자료를 모두 수거해 처리했기에 가능한 일이었던 것이다.

"하지만 과거부터 현재까지 중국의 전설로 남을 오대세가와 사파일방의 우두머리들의 머릿속에 고독을 심은 녀석은 도대체 누굴까?"

아이린이 삼합회의 중심이 가까이 다가갔기 때문에 테라와 재중이 얻는 정보가 많고 정확도가 높긴 했다.

하지만 오히려 그렇기 때문에 지금 재중은 더욱 큰 궁금증이 남았다.

이름만 들어도 쟁쟁한 오대세가와 사파일방이 아닌가?

그런데 그런 세가의 가주와 사파일방의 장문인의 머릿속에 고독을 아무렇지도 않게 심어놓고 조종하는 녀석이 있다고 한다.

그것은 확실히 경계해야 할 상황이었으니 말이다.

긴 역사를 가진 삼합회의 중심을 가지고 놀 정도라면 대체 그 뒤에 얼마나 큰 어둠이 숨어 있는지는 재중도 쉽게 짐작조차 할 수가 없었다.

재중의 무력이 아무리 강해도 결국 재중은 혼자였으니 말이다.

물론 지금 테라가 재중의 뒤를 받쳐 줄 세력을 키우기 위해서 움직이고 있긴 하다.

하지만 본래 세력이라는 것이 뚝딱 생길 만큼 간단한 것이 아니다.

이건 결국 시간이 지나면 자연스럽게 해결될 문제이기도 했다.

시간.

재중에게 필요한 것은 바로 시간이었다.

그렇기에 재중의 행동이 조금은 조심스러워졌는지도 몰랐다.

대륙의 마법을 섞어 쓰는 검은 복면의 녀석들.

거기에 그 녀석들과 관련이 있어 보이는 삼합회.

무엇 하나 쉽게 넘길 만한 것이 없었다.

—어떻게든 제가 알아낼게요, 마스터.

테라는 재중의 혼잣말에 대답을 하면서도 표정은 굳어 있다.

대륙에서는 테라의 마법이면 웬만한 일은 거의 해결이 됐었다.

그와 달리 지구에서는 아무리 노력을 해도 마법만으로는 부족했다.

바로 돈이라는 마법에 버금가는 녀석이 지배하는 곳이었으니 말이다.

그리고 이제 테라는 그 돈이라는 녀석을 조금씩 알아가

는 중이다.

시간.

재중과 마찬가지로 테라에게도 시간이 필요했다.

재중이 세력을 키울 시간이 필요하듯 테라는 돈이라는 녀석을 마법처럼 자신 마음대로 다룰 수 있는 시간이 필요했다.

"괜찮아. 어차피 지금 너와 내가 할 수 있는 건 기다리면서 지켜보는 것뿐이니까 말이야."

—네, 마스터.

"그보다 제갈민을 어떻게 해야 할까?"

골치 아픈 일은 우선 뒤로 미뤄두고 재중은 당장 처리해야 할 일에 집중하기로 했다.

재중이 컨테이너 관리사무실을 지그시 노려보기 시작했다.

"아라의 납치가 실패하자 곧바로 기자를 보내는 걸 보면 녀석은 아라를 포기할 생각이 없다는 뜻이겠지?"

—아무래도 그건 마스터의 생각이 맞을 거예요. 납치라는 특성상 한 번 실패하면 대개 잠적하는 게 보통인데 제갈민은 박동철을 이용해서 오히려 아라를 흔들려고 했으니까요.

"피의 인연은 결코 풀리는 법이 없다더니."

재중은 지금의 상황을 만든 정태만이 떠오르자 자신도 모르게 미간을 찌푸렸다.

사실 삼합회와의 인연의 시작은 정태만이었으니 말이다.

어쩌면 재중은 본래 자신이 생각하던 유유자적한 평범한 생활을 할 수도 있었을 것이다.

정태만이라는 인생의 원수가 다시 재중의 눈앞에 나타나지만 않았다면 말이다.

연아를 찾은 뒤 한국을 떠나 알래스카에서 연아와 같이 살았을지도 모른다.

당시에는 그저 잠깐의 인연이라고 생각했던 삼합회와의 충돌이었다.

하지만 그때의 생각과 달리 결과적으로 지금 재중은 삼합회를 넘어 삼합회를 어둠 속에서 조종하는 녀석들까지 상대해야 하는 지경에 이른 것이다.

그걸 보면 역시나 운명이라는 것이 있긴 한 것이다.

—마스터, 어떻게 처리할까요?

재중의 결정을 기다리던 테라가 살짝 물어봤다.

재중은 1초의 망설임도 없이 대답했다.

"죽여야지. 내 주변에 접근하는 것들 모두 말이야."

회유?

설득?

애초에 그딴 것이 통할 녀석들이 아니었다.

그렇다면 가장 확실한 것은 바로 소멸, 아니면 죽음뿐이다.

본래 죽은 자는 말이 없는 법이고, 죽은 자는 영원히 방해를 하지 않는 법이다.

그리고 이 방법이 바로 재중이 가장 평소에 자주 사용하는 방법이기도 했다.

간단하면서도 확실한 방법이었으니 어쩌면 당연했다.

물론 재중의 터무니없는 무력이 있기에 가능한 일이다.

"우선은 사고로 위장해서 죽이는 게 그나마 의심을 덜 받겠지?"

재중이 슬쩍 말하면서 주변에 널리고 널린 컨테이너들을 쳐다보며 웃음을 지었다.

테라도 재중의 생각을 알았는지 따라 웃기 시작했다.

끼리리릭.

재중이 웃고 불과 5분여가 지났을까?

모두가 퇴근하고 아무도 없는 타워크레인의 전원이 저절로 작동하기 시작했다.

하지만 평소 엄청난 굉음을 울리면서 움직이던 것과 달리 고요한 밤에도 쉽게 알아차릴 수 없을 만큼 조용하게 움직이고 있다.

철컥!

그리고 혼자 움직인 타워크레인이 컨테이너를 집어서 올리기 시작했다.

끼이이이익, 끼이이익!

그저 녹슨 문이 움직일 때 나는 소리 정도랄까.

지금 타워크레인이 움직이는 소리와 비교한다면 그나마 그 정도를 댈 수 있을 것이다.

그러다 보니 관리사무소 안에 있는 사람들은 지금 자신의 머리 위로 컨테이너를 집은 타워크레인이 다가오고 있다는 것을 알 수가 없었다.

끼익!

그런데 타워크레인이 끝까지 움직였는데도 타워크레인이 집어 든 컨테이너는 관리사무소 근처에서 더 이상 움직이지 못했다.

애초에 안전을 이유로 크레인의 설치를 안쪽에 했기에 아무리 크레인을 끝까지 움직여도 그 이상은 이동이 불가능한 것이다.

그런데 그 순간,

뚜각!!

끼이이이익!!

갑자기 타워크레인의 밑부분이 부러져 버렸다.

그리고 거대한 타워크레인이 넘어지기 시작한다.

이미 컨테이너를 관리사무소 쪽으로 이동시키기 위해 무게중심이 한쪽으로 기울어져 있는 탓에 넘어지는 속도가 너무나 빨랐다.

콰콰콰콰쾅!! 쿠콰쾅!!

순식간이었다.

모두가 퇴근한 한밤중에 타워크레인이 넘어지면서 관리사무소를 그대로 덮쳐 버린 것이다.

당연히 관리사무소는 형체를 알아보기도 힘들 만큼 산산조각이 나버렸다.

덤으로 안에 있던 사람은 그 누구도 살아남지 못하는 결과를 낳았다.

당연히 다음 날 아침 뉴스는 난리가 났다.

뉴스마다 인천항의 타워크레인이 부러지면서 일으킨 처참한 사고 현장을 취재해 방송하기 바빴다.

하지만 이상한 점이 있었다.

관리사무소에는 경비원 두 명을 비롯해 무려 열 명이 넘는 중국인이 있었다.

하지만 방송에는 오직 경비를 서던 두 명만 사망했다는 기사만 흘러나오고 있었다.

*　　*　　*

쾅!!!

"민이가 죽었다는 게 사실이냐?"

한국의 아침이 인천 타워크레인 사고로 시끄러운 그 시간, 강남의 한 빌딩에는 분노를 주체하지 못하고 애꿎은 책상만 열심히 두들겨 대고 있는 남자가 있었다.

그가 바로 제갈민의 아버지이자 제갈세가에서 한국에 세운 지부의 지부장인 제갈중이었다.

"네, 지부장님. 그게… 뉴스에서 보신 대로 타워크레인이 넘어지면서 관리사무소를 완전히 덮친 상태였습니다."

"으으득!!"

이 무슨 아닌 밤중에 홍두깨란 말인가.

어제만 해도 웃으면서 인천항의 관리를 위해서 떠났던 제갈민이다.

그런데 자고 일어나니 시체조차 제대로 건지지 못할 만큼 완전히 조각이 난 채로 돌아왔다.

아비의 입장에서는 당장 인천항을 모두 뒤집어서라도 어떻게든 제갈민이 죽은 이유를 알아내고 싶은 심정일 것이다.

하지만 그러기에는 제갈중이 제갈민이 죽었다는 소식을

안 것이 너무 늦었다.

그나마 자신이 가진 힘을 동원해서 제갈민과 세가에서 나온 사람들의 죽음을 한국에 노출시키지 않은 것만 해도 천만다행이다.

"사고라니… 사고라니… 이걸 어떻게 믿어야 한단 말이냐, 이걸."

제갈중은 지금 아들의 죽음으로 인해 거의 패닉에 빠지기 직전이었다.

그나마 그동안 제갈세가에서 수련했기에 이 정도에 그치는 것이다.

아마 다른 일반인이었다면 이성을 잃고 울고불고 난리를 쳤을지도 모른다.

그런데 제갈중이 비탄에 빠져서 온몸에 힘이 빠질 때쯤, 그의 옆에 있던 부하가 조용히 입을 열었다.

"지부장님."

"말해라."

한순간에 지쳐 버린 듯한 제갈중의 목소리다.

"그게… 제가 알아본 결과 사고라고 하기에는 뭔가 석연치 않은 점이 많습니다."

"그게 무슨 말이지?"

"우선 그 인천항에 타워크레인을 지은 것은 바로 저희 세가입니다."

부하의 말에 제갈중은 고개를 끄덕였다.

당연했다.

그 공사를 직접 관리 감독한 것이 바로 제갈민이었으니 말이다.

"그리고 저도 그 당시 공사에 참여했습니다."

"그런데 뭐가 석연치 않다는 것이냐?"

사실 제갈중은 지금 부하의 말을 듣고는 있지만 정신은 반쯤 어디론가 외출 나가 있는 상태였다.

대답에서도 평소의 근엄함이나 카리스마를 전혀 느낄 수가 없었다.

"그것이… 지부장님께서는 잘 모르실지 모릅니다만, 그 당시 공사를 하면서 관리사무소의 위치를 가장 안전한 곳으로 정했었습니다. 그리고 타워크레인에서도 무려 20미터나 더 떨어진 곳에 관리사무소를 지어서 사실 타워크레인이 넘어진다고 해서 관리사무소가 무너진다는 것은 이론적으로 불가능합니다."

"뭣이라!!"

순간 눈빛이 돌아온 제갈중이 잡아먹을 듯 불타는 눈으로 부하를 쳐다봤다.

부하도 그제야 지부장이 약간은 정신을 차린 것에 안심

했는지 표정을 살짝 풀면서 말을 이었다.

"우선 이 사진을 보십시오. 뭔가 이상하지 않습니까?"

"응? 이건 도대체……?"

부하가 내민 사진을 본 제갈중은 한순간에 이상하다는 것을 파악했다.

쓰러진 타워크레인의 와이어가 길게 늘어져 있고 그 끝의 컨테이너가 관리사무소를 완전히 가루로 만들어 버린 모습이다.

아무리 타워크레인이 넘어진다고 해도 컨테이너가 일직선으로 뻗어 정확하게 관리사무소에 떨어졌다.

그뿐이 아니다.

타워크레인이 넘어지는데 왜 컨테이너가 그대로 땅으로 떨어진 게 아니라 바깥쪽으로 뻗어 있는가.

언뜻 봐도 수상한 점이 눈에 띄었다.

마치 일부러 누군가 타워크레인의 와이어를 풀어서 컨테이너를 매달아 관리사무소 위에서 떨어뜨린 것만 같은 모양새였다.

그만큼 컨테이너가 정확하게 관리사무소에 떨어진 모습은 누가 봐도 이상할 수밖에 없었다.

제갈중의 표정이 시시각각 바뀌었다.

그리고 그런 제갈중을 지켜보던 부하가 타워크레인의 부

러진 아랫부분을 찍은 다른 사진 한 장을 꺼내 제갈중에게 보여줬다.

그 순간, 제갈중의 표정이 완전히 되살아났다.

"크크크큭! 도대체 어떤 놈인지 찾아내라! 어떻게든 찾아내라!!"

"알겠습니다."

부하는 곧바로 완전히 부활한 제갈중의 모습에 힘찬 대답과 함께 밖으로 나갔다.

"어떤 놈이지? 수십 톤의 타워크레인을 지탱하는 아랫부분을 마치 엿가락처럼 늘어뜨리면서 쥐어뜯는 녀석이 도대체 누굴까?"

제갈중의 손에 쥐어진 한 장의 사진엔 바로 수십 톤의 타워크레인의 무게조차도 거뜬히 버티는 철골이 마치 엿가락처럼 잡아 뜯긴 처참한 모습이 담겨 있었다.

그리고 제갈중은 이 사진이 의미하는 것을 누구보다 잘 알고 있다.

실제로 아무리 타워크레인이 부러진다고 해도 이렇게 부러지는 경우는 없었다.

아니, 단 한 가지 유일한 방법이 있긴 했다.

내공이 강한 사람이 힘껏 잡아 뜯는다면 아마 지금 이 사진의 모습과 비슷할 것이다.

일반적인 사람이라면 그저 무거운 타워크레인의 무게 때문에 아래를 받치고 있던 철골이 휘어지고 늘어났을 것이라고 생각했을지도 모른다.

아마 경찰 조사가 끝나면 그냥 우연한 사고로 끝날 것이 분명했다.

하지만 일반인이 모르는 세계를 살아가는 제갈중의 눈은 결코 속일 수가 없었다.

아니, 오대세가와 사파일방에 몸담은 사람이라면 누구라도 제갈중과 같은 반응을 보였을 것이다.

우선 당장 제갈중만 해도 가진 내공을 집중한다면 사진과 똑같이는 하지 못하더라도 비슷하게 타워크레인을 넘어뜨릴 수 있었다.

제갈중 본인에게 그러한 내공과 무력이 있기에 확신할 수 있었다.

Chapter 06
론도 랜필드의 한국 방문

"재중 씨."

"네?"

"어제 잘 해결되었나요?"

천서영은 오늘도 언제나와 같이 재중의 강의실을 방문했다.

한데 천서영이 강의를 마친 재중과 같이 걸어가다가 문득 던진 질문에 재중이 잠시 고개를 갸웃거렸다.

하지만 곧 천서영이 묻는 의미를 알아차리고는 피식 웃었다.

"왜 웃어요?"

"소속사 가수가 대표를 찾아와서 할 말이 뭐가 있겠어요?"

"음, 뭐가 있는데요?"

천서영은 아직 그쪽의 경험이 없다 보니 딱히 생각나는 것이 없었다.

정말 몰라서 재중에게 물어보자 재중은 별것 아니라는 듯 말했다.

"간단해요. 부하 직원이 사장님한테 가장 하고 싶은 말이라면 단 하나뿐이지 않나요?"

"단 하나요?"

거의 정답에 근접한 힌트를 줬는데도 여전히 천서영이 모르는 듯하자 그냥 말해주었다.

"부하 직원이 사장에게 하고 싶은 말은 단 하나뿐이에요. 월급 올려달라는 거요."

"월급… 이요?"

순간 천서영은 멍한 표정이 되어버렸다.

설마 소속사 가수가 직접 대표를 찾아와서 월급 이야기를 했을 것이라고는 꿈에도 생각지 못했으니 말이다.

"그, 그럼 아라 씨가 재중 씨에게 배분에 대해서 불만을 말했단 거예요?"

재중이 이해하기 쉽게 월급이라고 했을 뿐이다.

일반적으로 연예기획사는 소속 가수가 활동해서 버는 돈을 서로 나눠 가진다.

그런 연예기획사의 특성을 생각하면 배분에 불만이 있다고 생각하는 천서영의 말이 정확하긴 했다.

물론 사실을 말해줄 수는 없기에 재중이 그렇게 대충 둘러댔을 뿐이지만 말이다.

"뭐, 한참 놀고 싶고 가지고 싶은 게 많은 나이이니까요. 대충 생각해 보고 다시 이야기하자고 했으니 괜찮을 거예요."

"재중 씨, 정말 괜찮아요?"

물론 천서영이 SY미디어에 대해서 자세한 것을 아는 건 아니다.

하지만 단 한 가지는 확실하게 알고 있었다.

그건 바로 재중이 SY미디어의 대표이긴 하지만, 정작 재중은 SY미디어에 한 달에 한 번 얼굴을 비추면 정말 많이 비출 정도로 신경을 쓰지 않는다는 것이다.

천서영이 한 번은 재중이 너무 신경을 쓰지 않는 것 같아서 괜찮느냐고 천 회장에게 물어본 적도 있었다.

그때 천 회장은 오히려 너털웃음을 터뜨리며 이렇게 말했다.

'아마 재중 군이 SY미디어를 버리지 않는 한 절대로 망하는 일은 없을 것이야. 그러니 그냥 그러려니 하거라.'

상식적으로 대표가 출근을 하지 않는데 SY미디어가 너무 잘 굴러가는 것도 이상하긴 했다.

하지만 그 이상한 현상이 SY미디어에는 오히려 평범한 정상적인 상태이기도 했다.

대표가 없어야만 잘 돌아가는 기획사라니 정말 이해하기 힘들었다.

그렇다고 재중이 대표로서 그다지 신임을 받지 못하는 것도 아니었다.

어쩌면 그것이 더 대단하다고 해야 할지도 몰랐다.

천산그룹에서 조용히 SY미디어에서 재중의 영향력을 알아봤었다.

그 결과, 재중의 말이라면 윤태형 이사부터 시작해 말단 직원이나 소속 연예인들까지 모두 충성도가 굉장히 높게 나타났다.

일반적으로 회사를 운영하는 기업인의 시각에서 보면 지금 SY미디어를 인수해서 운영하는 재중의 경영 방식은 정말 이상했다.

아니, 이상하다 못해 윤태형 이사에게 모든 것을 넘긴 것처럼 보일 정도였다.

심지어 대외적으로 SY미디어의 얼굴은 재중이 아니라 바로 윤태형 이사이기도 했으니 말이다.

하지만 이상하게도 SY미디어 내부적으로 재중에 대한 신뢰가 무척 높았다.

그가 늘 자리를 비우고 있는데도 말이다.

재중의 말이라면 윤태형 이사는 물론 전 직원이 나서서 가장 먼저 처리하는 모습을 보여주었다.

개방적인 업무가 주는 해방감과 자유로움으로 인해 업무 능력이 올라가고, 회사에 대한 충성도가 그만큼 같이 올라간 것이다.

하지만 그러한 상황을 이해하기에는 국내의 기업들은 너무나 딱딱한 편이다.

물론 재중도 그걸 굳이 의도해서 한 것은 아니다.

재중은 자신이 아는 것이 없기에 윤태형 이사에게 모든 것을 일임했다.

그리고 정당하고 괜찮은 아이디어라면 테라에게 자금을 지원하라고 명령한 것밖에 없었다.

그런데 그 결과가 상당했다.

SY미디어가 기획사들 사이에서 대중적으로는 크게 인지도가 없기는 했다.

하지만 연예계 쪽을 꿈꾸는 매니저나 프로듀서들에게는

은근히 가고 싶은 곳으로 인식이 완전히 바뀌어 있었다.

일반 회사보다 아이디어와 자유로운 도전이 승패를 결정짓는 경우가 대부분인 연예기획사다.

재중의 무한대 자금 공급은 프로듀서에게는 생각나는 것을 모두 해볼 수 있는 장점이 되었다.

그뿐인가?

일반적인 다른 기획사와 달리 연습생으로 들어오는 순간부터 전혀 돈이 필요 없었다.

일반적인 연예기획사들은 헝그리 정신, 아니, 돈이 없어봐야 돈의 중요성을 안다는 명목으로 연습생들을 춥고 배고픈 환경에 두었다.

악착같이 자신의 꿈을 향해 달려가야 한다는 것을 가르치기 위해서라는 것이다.

그런데 SY미디어는 달랐다.

먹고 입는 것에서만큼은 무제한에 가까울 만큼 연습생에게 지원을 아끼지 않는 특이한 곳이었다.

거기다 일정 기간마다 연습생들의 아이디어와 여러 가지 생각을 들으면서 SY미디어에 도움이 되는 아이디어가 나오는 경우 성과급도 주었다.

연습생에게 성과급이라는 것을 주는 것만 해도 엄청나게 파격적이다.

하지만 그것보다 기획사가 연습생의 아이디어를 채용한다는 것이 어쩌면 더욱 파격적일지도 몰랐다.

그런데 그런 파격이 조금 이상하게 흘러가기 시작했다.

연습생으로 있다가 정식으로 SY미디어 직원으로 취직하는 사람이 생기기도 하고, 연습생을 해외로 연수까지 보내 엉뚱한 곳에서 능력을 발휘하는 인재를 키워내기도 했다.

오죽하면 천산그룹에서 SY미디어에 정기적으로 헤드헌팅을 전문으로 하는 사람을 보내 사람을 빼내려고 노력하겠는가?

연습생이 해외연수에서 외국인 기업가와 친해지더니 얼떨결에 천산그룹에 커다란 계약을 넘겨주는 일이 생기곤 한 것이다.

그러니 천산그룹에서도 발 벗고 나서서 사람을 영입할 수밖에 없다.

결과적으로 연예기획사로서는 그다지 특이점이 없지만, 독특한 인재를 만들어내는 곳으로는 소문이 자자한 곳으로 바뀌게 될 것이다.

물론 미래의 일이긴 하지만 말이다.

"재중 씨처럼 무심한 대표는 본 적이 없으니까요."

"제가요?"

재중은 천서영의 말에 잠시 생각하는 듯하더니 인정하는

듯 고개를 끄덕였다.

"뭐 틀린 말은 아니네요. 하지만 전 제가 모르는 일에 뛰어드는 것보다는 차라리 잘하는 사람을 믿어주는 게 더 의미 있다고 생각하거든요."

"믿어주는 것이라……."

천서영은 재중의 말을 되뇌더니 기억하려는 듯 몇 번이고 중얼거렸다.

그런데 그런 천서영과 달리 재중은 테라가 전한 말 때문에 눈빛이 살짝 가라앉아 있는 상태였다.

—론도 랜필드가 지금 인천공항에서 내린 것을 확인했어요, 마스터.

'이곳에 온 목적과 일행은?'

이미 킬러까지 보낸 랜필드 가문이다.

그곳에서 온 론도 랜필드가 재중의 심기를 건드리는 것은 당연했다.

테라가 퍼뜨린 소문으로 인해 킬러가 실패했다는 것은 이미 랜필드 가문에서도 잘 알고 있을 테니 말이다.

그런데 한편으로 그곳의 차기 가주로 유력하다는 론도 랜필드가 직접 한국으로 왔다는 것은 재중으로서도 의외이기도 했다.

랜필드 가문의 사람이 직접 움직였다는 것은 그만큼 재

중이 예상할 수 있는 모든 경우의 수를 벗어난 변수가 생길 수도 있다는 말이기도 하다.

재중은 혹시나 론도 랜필드가 다른 누군가를 데리고 왔는지 궁금해서 물었다.

—한 명의 노인과 같이 인천국제공항을 벗어나는 것을 확인했어요, 마스터.

'노인?'

—네. 그런데 겉으로는 그냥 평범한 노인처럼 보였어요.

'……?'

재중은 테라의 말에 고개를 갸웃거렸다.

평범한 노인처럼 보였다는 테라의 말은 바꿔 말하면 의심스럽지만 아무리 살펴봐도 평범한 노인처럼 보인다는 것이다.

'아티팩트 가능성은?'

—아티팩트로 힘을 감췄을 가능성이 높아요.

'추정 이유는 뭐지?'

—일반적인 사람들이 가지고 있는 마나보다 더 적은 마나를 가지고 있거든요. 죽기 직전의 환자나 가지고 있을 정도의 아주 미량의 마나를 말이에요.

'오~ 마나를 의도적으로 감추는 아티팩트일 가능성이 많겠군그래.'

—네, 마스터.

'크크크큭, 이거 의외의 곳에서 마법의 흔적이 제 발로 나타나 주다니…….'

재중은 그동안 모래밭에서 바늘 찾기만큼 힘들었던 마법의 흔적이 제 발로 와준 것에 눈빛이 날카롭게 변하기 시작했다.

꼭 재중이 마법의 흔적을 쫓아다니면서 처리할 필요는 없다.

하지만 자신에게 적의를 가지고 있는 녀석들이 마법과 관련이 있다면 그건 사정이 완전히 달라진다.

적의 힘을 많이 알면 알수록 결국 유리한 것은 재중 본인이다.

"재중 씨, 무슨 생각을 그리 오래해요?"

"네? 아, 그냥 배분하는 것에 대해서 잠시 생각하고 있었어요."

거짓말이 아주 능숙하다 못해 자연스럽기까지 한 재중이다.

당연히 천서영은 재중이 정말 아라가 이야기한 배분 문제를 심각하게 고민하고 있다고 생각했다.

"응?"

천서영은 S대를 벗어난 지 불과 몇 분 되지도 않았는데 재중과의 오붓한 시간을 방해한 사람들 때문에 한숨을 내쉬었다.

학교를 나와 재중의 집으로 향하는 그때가 천서영에는 매일 고대하는 시간이었던 것이다.

"어쩐 일이세요?"

이번에는 재중의 손님이 아니라 천서영 자신이 잘 아는 사람이어서 더 한숨이 나왔다.

특히 지금 천서영은 자신을 찾아온 사람이 바로 권성진 이사라는 게 문제였다.

권성진 이사가 직접 움직이는 경우는 대개 천 회장이 자신을 찾을 때뿐이라는 것을 그동안의 경험으로 잘 알고 있는 천서영이다.

그러니 절로 한숨이 나올 수밖에 없는 것이다.

"오랜만에 뵙는군요, 선우재중 씨."

권성진 이사가 재중을 향해 웃으면서 인사하자 재중도 웃으면서 인사를 받았다.

천산그룹과 재중의 인연을 이어준 사람이 바로 권성진 이사이다.

"할아버지께서 절 찾으시나요?"

천서영은 오늘도 이렇게 재중과의 데이트가 끝나 버린 것에 허탈한 듯한 표정으로 말했다.

"오늘은 선우재중 씨와 아가씨 두 분을 모시러 왔습니다."

"응? 재중 씨와 함께요?"

"네, 아가씨."

순간 시무룩하던 천서영의 표정이 너무나 노골적으로 확 피어난다.

그 모습을 본 권성진은 일부러 모른 체했다.

하지만 떠오르는 미소까지는 숨길 수가 없는 듯 슬쩍 입가에 미소를 그렸다가 다시 지운다.

"무슨 일입니까?"

재중은 천 회장이 자신을 찾을 때는 꼭 뭔가 귀찮게 하는 일이 많았기에 심드렁하게 물어봤다.

"천산FC와 레알 마드리드의 친선 시합에 관해서입니다. 재중 씨가 꼭 알아야 할 사항도 있지만, 회장님의 본래 목적은 아무래도 그냥 한번 재중 씨를 보고 싶으신 것 같습니다."

"…쩝."

재중은 천 회장의 끝없는 러브콜에 심드렁할 뿐이다.

"가시죠. 기다리십니다."

"그러죠."

재중도 사실 친선 축구 시합 때문이라도 어차피 한 번은 천 회장을 봐야 했다.

재중이 권성진 이사의 안내를 받아 차에 올라타자 천서영도 곧바로 재중의 옆에 올라타 앉았다.

* * *

"……?"

재중이 권성진 이사의 안내를 받아 이제는 익숙해진 회장실 전용 엘리베이터를 타고 복도를 지나 회장실 안으로 들어섰다.

한데 회장실 안에서 재중을 기다린 사람은 천 회장뿐만이 아니었다.

천 회장과 비슷한 연배로 보이는 남자가 같이 있었다.

하나 실제로 보는 게 처음일 뿐 재중도 나름 안면이 있을 수밖에 없는 사람이다.

재중이 그가 내민 손을 마주 잡았다.

"축구협회 회장으로 있는 전동준이라는 늙은이라네."

웃는 모습이 자연스러운 것이 딱히 인생에 우여곡절이 있어 보이진 않는 인상이다.

하지만 눈빛만큼은 역시나 천 회장에 뒤지지 않을 만큼 열정이 가득해 재중에게는 인상적이었다.

인맥의 규모만 보면 사실 재중은 정말 적은 편이다.

그런데 이렇게 적은 인맥으로 벌써 천 회장과 비슷한 눈빛을 가진 열정이 가득한 사람을 또 만났다는 것이 재중으로서는 나름 흥미로웠다.

"우리 쪽 사람이 찾아가서 행패를 부렸다고 들었네."

재중이 자리에 앉자마자 축구협회 회장으로 있는 전동준이 입을 열었다.

먼저 자신의 치부를 들추어내 말하는 모습에 재중은 그가 최소한 한곳의 높은 자리에 앉아 있을 만한 기본적인 자질은 있다는 것으로 판단했다.

"뭐, 좋게 넘어갔으니 서로 잊는 것이 좋겠죠."

어차피 축구협회가 나서지 않아도 이미 친선 축구 시합의 출전이 정해진 상황이기에 재중은 대수롭지 않게 넘겼다.

하지만 그런 재중의 모습에 전동준은 이채를 띤 눈빛으로 재중을 쳐다보면서 말했다.

"후후훗, 이 친구가 하도 자랑을 하기에 과연 어떤 젊은이인가 했더니 생각 이상이로군그래."

사실 전동준은 그저 자신의 아랫사람이 먼저 실수를 했으니 사과를 하고 대충 돌아갈 계획이었다.

그런데 방금 재중의 행동을 보고는 호기심이 일기 시작

했다.

그리고 천 회장이 어째서 자신의 금지옥엽인 천서영을 재중에게 주지 못해서 그토록 안달이 났는지 궁금해지기 시작했다.

사실 전동준도 자신의 손자와 천서영을 연결시키려고 한 적이 있었다.

그 정도로 천서영이라면 국내에서 그 이름 석 자만으로도 주변의 대우가 달라지는 위치다.

물론 재중은 천서영이라는 여자 하나만 보고 판단할 뿐이다.

천서영의 배경이 되는 천산그룹이란 것에 재중은 아무런 관심이 없었으니 말이다.

그리고 그렇기 때문에 천서영이 재중을 따라다니는 좀 황당한 상황이 벌어진 것이기도 하다.

하지만 천서영만이 아니라 천 회장까지 재중에게 반해서 저렇게 안달이 나 있다.

도대체 어떤 매력이 있기에 저렇게 사람 보는 눈이 까다롭기로 유명한 천 회장을 사로잡았는지 호기심이 드는 것이 당연했다.

"후후훗, 하지만 그 정도에서 끝내게. 내가 먼저 찍었으니 말이야."

천 회장은 혹시라도 전동준이 재중을 탐낼까 싶어 미리 선전포고를 하듯 농담 반 진담 반으로 협박했다.

전동준은 웃는 얼굴로 고개는 끄덕였지만 오히려 그 때문일까, 눈빛이 반짝이기 시작했다.

마치 재중의 모든 것을 알아내겠다는 듯 말이다.

"우선 일부터 해야 하지 않겠나? 담소는 그 후에 나눠도 상관없을 테니 말이야."

천 회장이 최대한 전동준을 빨리 보내고 싶은 마음을 그대로 드러내 재촉하기 시작했다.

천 회장의 재촉에 밀려 전동준이 꺼내 든 것은 서류 몇 장이었다.

딱히 재중이 프로축구 선수를 할 것도 아니고, 그저 이번 친선경기에서만 천산FC에 이름을 올리는 것뿐이어서 그렇게 복잡하지는 않았다.

그래도 최소한 지켜야 할 규칙과 절차가 있기에 사인 몇 번을 하긴 했다.

물론 사진도 이미 천 회장이 준비한 것으로 사용했다.

그저 잠깐의 이벤트 같은 시합에 멤버로 나간다고 해도 상대가 레알 마드리드였다.

이미 국내 언론이 너무 크게 떠들어 버려서 기대심리가 높아져 있었다.

혹시라도 기자들에게 꼬투리를 잡히지 않기 위해서 귀찮더라도 꼭 필요한 서류이다.

거기다 이미 재중이 S대에서 실바와 일대일 대전을 한 것이 뉴스에까지 나올 만큼 이슈가 되어버렸다.

재중에 대한 기대심리는 현재 최고라고 해도 과언이 아니었다.

처음 브라질에서 실바와 한 경기 동영상은 아는 사람들만 아는 것이었다.

반면 이번 S대에서 한 실바와의 두 번째 일대일 대결은 국내에서는 축구를 좋아하는 사람을 떠나 전혀 모르는 여자들도 알 정도였다.

그만큼 재중의 인지도가 굉장히 높아졌으니 말이다.

이미 섹시가이로 유명한 레오나르도 실바였다. 그가 S대에 갑자기 나타난 것만 해도 뉴스거리다.

그런데 인천공항에서 홀연히 나타나 실바와 함께 사라진 재중이 알고 보니 국내에서 수재들만 다닌다는 S대 학생이라는 것이 밝혀진 것이다.

이건 대중에게 엄청난 플러스 요인이 되었다.

거기다 재중은 실바와 나란히 서 있어도 얼굴부터 전혀 밀리지 않는 매력을 발산한다.

그 점이 여자들에게는 가장 크게 작용했다.

그러다 보니 S대는 때 아닌 유명세를 타고 있었다.

그나마 S대 뒤에서 천산그룹이 나서서 적당히 조율했기에 이 정도다.

만약에 그냥 두었다면 지금쯤 재중을 쫓아다니는 기자가 족히 수십 명은 되고도 남았을 것이다.

아무리 언론의 힘이 막강하다고 하지만 국내에서 천산그룹을 무시할 수는 없다.

천산그룹에 밉보이는 순간 언론의 주 수입원인 광고에서부터 큰 타격을 입을 테니 자연스럽게 협박이 먹혀 들어간 듯했다.

천 회장 입장에서는 지금도 재중이 유명세를 타서 골치가 아픈 상황이다.

그런데 혹시라도 재중의 숨겨진 능력이라도 밝혀지는 날에는 걷잡을 수 없는 상황으로 치달을 수 있다는 판단에 빠르게 손을 쓴 것이다.

하지만 기자들에게는 재중이 천산그룹의 비호를 받고 있다고 소문이 퍼져 버린 뒤였다.

뭐 단순히 소문이라면 소문으로만 끝날 수도 있는 문제였다.

하지만 SY미디어와 친분이 있는 기자 하나가 현재 SY미디어의 대표가 재중이라는 것까지 퍼뜨리고만 것이다.

그저 소문이었던 것이 진실로 탈바꿈해 버리는 것은 한 순간이었다.

SY미디어는 이름에서부터 천 회장이 천서영에게 주기 위해서 일부러 만든 기획사라는 것이 이미 기자들 사이에는 다 퍼져 있는 사실이었다.

그런데 그런 SY미디어를 재중에게 팔았다는 것을 기자들이 쉽게 이해할 리가 없었다.

천산그룹이 돈이 없어서 SY미디어를 팔았다면 그나마 고개를 끄덕일 수 있다.

하지만 현재 천산그룹은 잘 돌아가고 있었다.

올해도 20조 원의 흑자를 기록한 것은 국민 대부분이 알고 있는 일이다.

그러다 보니 천서영의 약혼자가 재중이라는 소문부터 천 회장의 배다른 자식이라는 소문까지 온갖 말이 다 퍼지기 시작했다.

기자들이 아무리 파고들어도 재중에 대한 기록은 전무하다시피 했다.

고아라는 것과 친 여동생이 유명한 카페 사장이라는 것 외에는 그 무엇도 나오는 것이 없었으니 말이다.

사실 직업도 딱히 없어 보이는 재중이다.

그런데 그런 재중이 SY미디어를 돈을 주고 샀다는 것을 누가 믿겠는가?

당연히 천산그룹에서 재중에게 줬다고 생각할 수밖에 없는 상황이었다.

거기에 루머가 더해져서 사람들에게 퍼지기 시작한 것이다.

아무리 SY미디어가 연예계에서는 그다지 인지도가 없다고 하지만, 알 만한 사람은 모두 알 만큼 알짜배기 기획사였으니 말이다.

천산그룹에서 주는 일감만 해도 SY미디어가 망할 일은 없었다.

그런데 그곳을 직업이 없는 재중이 샀다는 걸 누가 믿겠는가?

당연히 그 누구도 믿을 리가 없다.

거기다 당시 천 회장과 재중이 직접 거래했기에 거래 내막에 대해서 아는 사람이 거의 없다는 것도 사람들의 궁금증을 커지게 하는 이유 중 하나였다.

그런데 사람들은 알까?

그 SY미디어를 재중이 산 이유가 황당하게도 유서린이라는 여자 한 명 때문이라는 것을 말이다.

아니, 나중에 알게 된다고 해도 믿지 않을 것이다.

여자 한 명 때문에 SY미디어를 샀다는 것은 드라마에서

나 나올 법한 이야기였으니 말이다.

아무튼 대중에게 인기가 있다는 것은 자신도 모르는 사이에 무언의 힘을 가지게 된 것이나 다름없었다.

자고 일어나 보니 스타가 되어 있더라는 말이 연예계에서는 심심치 않게 들린다.

그런데 지금 재중이 딱 그 상황이었다.

재중이 축구를 그냥 잘하는 정도면 그러려니 할 것이다.

하지만 세계적으로도 이미 천재 중의 천재로 인정받고 있는 레오나르도 실바를 상대로 일대일 기술 축구 대결에서 무승부를 기록했다.

그것은 실로 엄청난 일이었다.

그 영상 하나만으로도 대중에게 어필하기에는 차고 넘치는 실력이었으니 말이다.

실제로 재중과 레오나르도 실바가 S대 운동장에서 치른 일대일 대결 영상의 조회 수가 불과 하루 만에 500만 건이 넘어버렸다.

지금도 계속해서 조회수는 1초마다 끝없이 경신되고 있는 중이다.

"……."

전동준은 재중을 가만히 쳐다보고 있는 중이었다.

사실 전동준도 처음 재중의 영상을 보고는 당장 섭외하

라고 명령을 내린 적이 있다.

하지만 그런 전동준의 결정을 막은 가장 큰 요인은 바로 재중의 실제 나이 때문이었다.

올해 서른네 살. 이것 때문에 섭외하라는 명령을 거둔 것이다.

스포츠 선수로 서른넷은 치명적이라는 것을 전동준이 누구보다 잘 알고 있으니 말이다.

아무리 실력이 좋다고 해도 나이 때문에 생기는 체력적 문제는 결코 피할 수 없는 것이 현실이다.

그리고 전동준이 보고 있는 재중의 영상도 그냥 일대일로 서로 공수를 주고받으면서 기술을 겨루는 대결이었다.

하지만 실제 축구 경기는 완전히 다르다.

전반 45분, 후반 45분에 연장전.

간간이 심판의 휘슬 소리와 함께 멈추는 시간을 더하면 최소 110분에서 최고 130분까지 뛰어야 하는 경기가 바로 축구이다.

평소 축구를 즐기는 사람들도 정식 시합에서는 전반 45분만 뛰어도 체력적 한계를 느끼는 것이 보통이다.

그것도 혈기왕성한 20대에 말이다.

그런데 재중은 아무리 기술이 좋다고 해도 이미 서른네 살이다.

아무리 잘나가는 선수라도 그 나이면 은퇴하고도 남을 나이였다.

특히 체력적 부담이 심한 축구라면 두말할 필요도 없다.

거기다 개인 실력은 확인했지만 실제 경기에 나섰을 때의 경기력은 미지수였다.

그 누구도 정확한 실력을 모른다는 것이 전동준이 재중을 포기한 이유이기도 했다.

축구는 아무래도 팀 게임이니 일대일만으로는 판단하기 어려운 점이 있었다.

"이야기를 들었네만, 우리 쪽 사람이 자네를 찾아가기 전에 이미 루이스 펠라리네 감독에게 출전 의사를 밝혔다고 들었네."

"네."

재중은 자신이 나가고 싶어 나가는 경기가 아니니만큼 그냥 간단하게 대답했다.

재중의 대답을 들은 전동준이 피식 웃는다.

"역시 자네는 정말 아무것도 모르고 있군. 사실 루이스 펠라리네 감독이 자네를 거론했을 때만 해도 우리는 긴가민가했지만… 지금 직접 만나보니 정말 자네는 억지로 이번 친선경기를 승낙한 것이 사실이구만."

축구협회에서는 처음 루이스 펠라리네 감독이 직접 한국

으로 날아왔을 때만 해도 무한한 영광으로 여겼었다.

그런데 그런 루이스 펠라리네 감독의 입에서 선우재중이라는 이름이 튀어나온 것이다.

처음에는 다들 고개를 갸우뚱할 수밖에 없었다.

왜냐하면 국내 프로축구 명단에도, 프로를 지망하는 유소년들의 명단에도 선우재중이라는 이름은 없었으니 말이다.

그리고 뒤늦게 사정을 알아본 축구협회는 루이스 펠라리네 감독이 말한 선우재중이 서른네 살의 늦깎이 대학생이라는 사실에 경악을 할 수밖에 없었다.

자신들은 전혀 모르는 진주가 숨어 있었는데, 그걸 외국의 감독이 발견한 것이나 마찬가지였으니 말이다.

그런데 이게 또 황당한 것이, 재중이 축구를 하지 않는다고 버틴다는 것이다.

축구협회는 기가 막힐 수밖에 없었다.

레알 마드리드 현 감독이 찍은 사람이면 어디 가서 자랑해도 누구나 고개를 끄덕일 입장이다.

그런데 축구가 싫다면서 오히려 루이스 펠라리네 감독을 푸대접을 한다니 말이다.

만약 재중이 프로축구 선수 명단에 있었다면 축구협회에서 어떻게든지 처리를 했을 것이다.

레알 마드리드에서 먼저 친선경기를 위해서 찾아온다는 것 자체가 이미 대단한 영광이었으니 말이다.

그러다 보니 축구협회에서 여러 가지 말이 나오기 시작했다.

그중에서도 가장 많이 나온 이야기는 재중이 자신의 몸값을 높이기 위해서 튕기고 있다는 거였다.

영상만 봐도 이건 실력이 대단하다는 말밖에 할 말이 없다.

그런 사람이 축구를 안 한다고 버티는 것은 이미 과거에도 몇몇 선수가 자신에게 유리한 계약을 위해서 써먹은 방법이었으니 말이다.

그래서 전동준이 직접 나선 것이다.

자신이라면 부하 직원의 말대로 재중이 몸값을 위해서 계획적으로 거절하는 건지, 아니면 정말 싫어서 거절하는 건지 간파할 자신이 있었으니 말이다.

때마침 4국장이 재중에게 실수를 했기에 충분히 찾아갈 만한 핑계가 생기기도 했다.

그런데 막상 재중을 만나 이야기를 해보니 축구협회에서 추측했던 바와는 달랐다.

'어랍쇼? 진짜로 싫어서 거절하는 거네?' 하는 생각이 저절로 들었다.

그 정도로 재중은 심드렁했다.

몇 가지 친선경기 출전을 위한 서류에 사인을 했지만 서류를 읽지도 않았다.

만약 자신의 몸값을 올리기 위한 계획적인 행동이라면 절대로 서류를 보지도 않고 사인할 수는 없다.

이미 전동준은 거기서 80% 정도는 재중의 마음을 읽었다.

거기다 방금 간단하지만 짧은 대답 하나에서 전동준은 직감적으로 확신했다.

'이 녀석은 정말 축구를 할 생각이 전혀 없어.'

라고 말이다.

무슨 일이든 간에 잘하지만 싫어서 하지 않는 사람이 의외로 제법 있는 편이긴 하다.

다만 재중의 경우는 그냥 잘하는 정도가 아니다.

세계에서도 천재 중의 천재인 레오나르도 실바가 오히려 평범해 보일 만큼 천재적인 축구 실력을 가졌다는 것이 좀 문제지만 말이다.

그런데 그런 재중의 의중을 안 전동준은 왠지 재중의 진짜 실력이 궁금해지기 시작했다.

'과연 저 녀석의 실력이 어느 정도일까? 얼마나 잘하는 걸까? 실제 시합에서 과연 동영상처럼 UFO 슛을 할 수 있는 녀석일까?

그리고 그런 의문이 드는 것과 동시에 전동준은 입가에 미소를 지으면서 천 회장을 쳐다보았다.

"이 친구, 또 무슨 부탁을 하려고 나를 보는 겐가?"

천 회장은 이미 수십 년을 알고 지낸 전동준이 자신을 쳐다보는 눈빛만 보고서도 그게 어떤 의미가 담겨 있는지 단번에 알아챘다.

"후후훗, 그냥 늙은이의 호기심이라고 생각하고, 내가 한 가지 부탁하고 싶은데 말이야."

전동준의 음흉한 듯하면서도 장난스런 웃음을 본 천 회장이 큰 소리로 외쳤다.

"소개팅은 절대 안 되네!!"

천 회장이 마치 재중을 가로막듯 손을 뻗으면서 소리치자 전동준은 웃어버렸다.

"크크큭, 이 친구야, 난 이미 슬하에 혼자 남은 녀석은 손자뿐이야. 그러니 그런 건 걱정하지 말고, 재중 군을 이번 친선시합에서 스타팅 멤버로 넣으면 어떨까 하는데 말이야."

"응? 스타팅 멤버?"

천 회장은 무안한 듯 뻗었던 손을 슬그머니 거둬들였다.

그리고 전동준의 말에 그도 왠지 재중의 실력이 어느 정도인지 궁금해지기 시작했다.

천 회장도 영상을 봤지만 그건 영상이지 실제로 재중이 플레이하는 모습을 본 것은 아니다.

거기다 현재 재중이 레알 마드리드와 천산FC의 친선경기 출전 명단에 이름이 올라갔다는 것이 언론에 알려진 상태였다.

그래서 실시간 검색 상위권에 재중의 이름이 수차례 올라가고 있는 중이기도 했다.

그 덕분에 뜻하지 않게 동명이인 중에서 피해를 보는 사람도 있고 이득을 보는 사람도 있었지만 말이다.

"음, 그거 괜찮은 생각인걸."

천 회장도 마음이 움직이는지 재중에게로 눈을 돌렸다.

그러자 자연스럽게 모두의 시선이 재중에게 집중되었다.

그런데 정작 재중은 싫은 티를 팍팍 내면서 입을 다물고 있을 뿐이다.

"어떤가? 자네의 실력을 만천하에 알리는 좋은 기회이지 않는가?"

전동준은 남자라면 누구나 가지고 있는 승부욕을 슬쩍 자극하는 말을 해보았지만,

"싫은데요."

재중은 칼같이 잘라 버렸다.

그것도 싫은 표정을 대놓고 드러내면서 말이다.

"어허, 이미 동영상으로 자네의 실력이 다 알려진 마당에 굳이 스타팅 멤버에 들어가지 않을 이유가 없지 않나? 안 그런가?"

전동준은 이미 작심했는지 집요하게 재중을 설득하기 시작했다.

하지만 재중은 그런 집요한 설득에도 시종일관 '싫다' 뿐이었다.

옆에서 보면 전동준이 애가 달아서 재중에게 매달리고 재중은 그런 전동준이 싫은지 계속 고개만 젓고 있는 조금은 이상한 광경이 펼쳐졌다.

그런데 그때 그런 전동준에게 뜻하지 않은 구원군이 나타났다.

"재중 씨, 브라질 국가대표팀하고도 했잖아요. 그런데 굳이 친선경기에서 스타팅 멤버를 거절할 이유가 없지 않나요?"

전동준은 천서영이 자신을 도와주는 말을 하자 속으로 쾌재를 불렀다.

천서영은 뜻하지 않았겠지만 자신을 돕고 있는 것은 사실이니 말이다.

그리고 재중의 표정에 변화가 생기기 시작했다.

지금까지 전동준의 말에는 콧방귀도 뀌지 않고 거절하던 재중이 입을 다물고 생각하는 듯했다.

"…알겠습니다."

잠시 뒤, 결국 재중의 입에서 승낙의 말이 나왔다.

"그래, 잘 생각했네!"

전동준은 재중이 결국 승낙하자 고개를 크게 끄덕이면서 속으로 만세를 불렀다.

그리고 재중을 설득하는 데 거들어준 천서영에게 내심으로 무척 고마워했다.

하지만 사실 진실은 조금 달랐다.

처음에는 재중도 단칼에 거절하면 스스로 포기하겠지 하는 생각에 계속 거절했었다.

한데 웬걸, 고집으로는 천 회장을 능가하는 전동준이라는 것을 재중이 모르고 있었다.

설득만 무려 한 시간 넘게 듣다 보니 이건 귀에 딱지가 앉을 지경에 이른 것이다.

그때쯤 되자 재중도 그냥 스타팅 멤버로 뛰어버릴까 하는 생각이 저절로 들기 시작했다.

그런데 이미 처음부터 너무 칼같이 거절해서 이제 와서 승낙하기도 좀 애매해진 참이었다.

그런데 그때 마침 천서영이 끼어들자 재중도 기회다 싶

어 승낙한 것이다.

보기에는 천서영의 역할이 큰 것 같지만, 실제로는 전동준의 집요한 고집의 승리였다.

하지만 재중이 그냥 승낙할 리는 없었다.

"대신 천산FC 선수들이 반대한다면 전 없던 일로 할 겁니다."

재중은 굳이 자신 때문에 평생 축구만 해온 사람들이 손해 보는 것은 원하지 않아서 조건을 달았다.

하지만 사실 그 조건은 형식적일 뿐 무의미한 것이나 마찬가지였다.

천산FC의 실질적인 주인인 천 회장의 명령이면 누구라도 반대할 리가 없으니 말이다.

비록 불만이 있을지라도 표면적으로는 승낙할 수밖에 없다.

아무리 재중이라도 이미 한 시간 가까이 전동준의 집요한 설득을 당한 뒤라 그런지 판단력이 살짝 떨어져 있는 것이 그대로 드러낸 실수인 셈이다.

Chapter 07
론도 랜필드가 온 이유

“피곤해.”

재중이 천산그룹을 벗어나자마자 한 말이다.

—후후후훗, 마스터의 그런 표정 정말 오랜만이에요.

한숨을 쉬는 재중의 표정에 테라가 장난스럽게 말했다.

하지만 재중은 개의치 않고 몇 걸음 걷더니 눈에 띄는 벤치에 앉았다.

“론도 랜필드 녀석에 대한 것이나 말해봐.”

—후후훗, 네. 우선 제가 알아봤는데 역시나 이번에 입국한 것은 론도 랜필드 본인과 아직 정체를 알 수 없는 노인

한 명이 전부예요, 마스터.

"혹시나 숨어서 들어왔을 킬러의 가능성은?"

—음, 100% 완전히 없다고는 할 수 없지만, 킬러를 다시 부르기에는 좀 애매한 상황이 되어버렸기에 킬러 쪽의 가능성은 우선 크게 걱정하지 않아도 될 듯해요, 마스터.

"응? 그게 무슨 말이지?"

—그게 마스터께서 바네사가 랜필드 가문에서 받은 의뢰를 독점하기 위해서 다른 킬러들을 죽여 버렸다는 소문을 내라고 하셨잖아요.

그것 때문에 현재 랜필드 가문의 의뢰를 받아들일 만한 킬러들이 없는 거나 마찬가지예요.

"완전히 없다고 할 수는 없지 않나?"

재중이 테라의 말에 의문을 표하자 테라는 씨익 웃었다.

—이론적으로는 여전히 가능성은 남아 있지만, 여기에 자존심이 끼어들면 이야기가 완전 달라져 버릴 수밖에 없어요, 마스터.

"자존심?"

—네, 이미 한번 마스터를 처리하기 위해서 랜필드 가문에서 킬러를 보냈었죠. 그 킬러들 모두 이미 그쪽 세계에서는 이름이 제법 알려진 녀석들이었어요.

"……."

재중은 테라의 말에 바네사를 떠올리고는 자신도 모르게 고개를 갸웃거렸다.

과연 바네사가 실제로 킬러들 사이에서 이름이 높을 만큼 실력이 대단했을까 생각해 보면 그건 아니었으니 말이다.

객관적으로 처음에 재중을 저격하려 하던 첫 번째 녀석과 바렐이라는 무식한 총을 사용한 두 번째 킬러가 오히려 월등히 실력이 높은 것이 사실이다.

하지만 그건 객관적인 생각일 뿐이다.

어떻게든 의뢰인을 죽이기만 하면 되는 것이 킬러이다.

그리고 이론적으로는 앞서 온 킬러들의 저격 실력이 높아 보이지만, 현실은 미인계를 이용해서 조용히 암살하고 사라지는 바네사의 의뢰 성공률이 훨씬 높다.

킬러는 결과로 평가받는 직업이다.

사람 죽이는 게 직업이라고 말하기도 애매하지만, 아무튼 그것으로 먹고살고 있으니 직업은 직업이다.

그리고 의뢰 성공률이 높으면 높을수록 킬러 세계에서는 높은 평가를 받고 의뢰비도 비싼 것은 당연했다.

당연히 그렇기에 바네사가 킬러로서 랭킹이 높다는 것은 지극히 정상적이다.

물론 바네사의 정신 상태가 좀 꼴통이라는 것이 문제이

긴 했지만 말이다.

—당연히 킬러도 사람 죽이는 녀석들이지만 자존심은 있는 듯해요. 이미 한 명을 죽이기 위해 여러 킬러에게 중복 의뢰를 한 것 자체만으로도 그들에게는 자존심이 많이 상한 일인데, 그런 상황에서 의뢰를 독점하기 위해 킬러들끼리 서로 싸우다가 결국은 다 죽고 바네사마저 크게 다쳐서 종적을 감췄다는 것이 기분 좋을 리가 없거든요.

"굳이 꼭 최고가 아니어도 상관없잖아?"

사람 죽이는 데 굳이 최고가 필요한 것은 아니니 말이다.

누가 죽이든 죽이는 것은 똑같았다.

하지만 여기서도 문제가 생겨 버렸다.

—후후훗, 그게 랜필드 가문의 자존심 때문에 최고가 아니면 의뢰를 하지 않는다는 거예요. 이미 한 번 최고들에게 중복 의뢰라는 실수를 한 마당이죠. 그런데 다시 의뢰를 하면서 이번에는 그저 그런 랭킹이 낮은 킬러에게 의뢰한다면 나중엔 킬러들 세계에서 랜필드 가문이 얕보이는 결과밖에 남지 않으니까요.

"후후훗, 웃기지도 않는군."

재중의 사고방식으로는 좀 이해하기 힘들지만, 어쨌든 다행한 일이긴 했다.

소문을 낼 당시에는 그저 자신이 킬러를 처리한 것이 알려지면 더욱 귀찮은 일이 생기고 연아의 안전에 문제가 생길 것 같아서였다.

그래서 테라를 시켜 거짓으로 소문을 퍼뜨렸는데, 그게 결과적으로는 한동안 랜필드 가문에서 킬러를 다시 보내기 상당히 어려운 결과를 만들어 버렸다.

서로의 이해관계가 복잡하게 얽히면서 말이다.

물론 재중에게는 더할 나위 없이 좋은 상태이다.

—엇!

"……?"

재중은 대화 도중에 테라가 갑자기 입을 다물더니 조용해지자 고개를 갸웃거렸다.

하지만 우선은 재촉하지 않고 기다렸다.

보통 저런 경우 갑자기 정보를 받는 경우가 많았기에 오히려 살짝 기대에 찬 표정이다.

—마스터, 그 노인의 정체를 대충 짐작할 수 있을 듯해요.

"응?"

—제가 노인의 정체가 너무나 궁금해서 아이린에게 의뢰했는데, 방금 연락이 왔어요.

"말해봐."

나직이 재중이 말하자,

—아무래도 오대세가에서 나온 사람인 듯해요.

"오대세가?"

—네.

"외국인 같지 않았어?"

테라가 재중에게 보여준 이미지 영상으로 봐도 론도 랜필드보다 키가 조금 작긴 하지만 하얀 피부에 누가 봐도 백인 노인이었다.

그런데 오대세가에서 나온 사람이라니?

당연히 이상한 일이다.

오대세가는 가족 중심의 혈연으로 똘똘 뭉친 집단인데 외국인이 있다는 것은 도무지 쉽게 이해하기가 쉽지 않았다.

하지만 테라의 말을 들어보면 그것도 그렇지가 않는 듯했다.

—그게 직계가 아닌 방계의 장로로 보인다고 하네요. 아이린의 정보로는요.

"방계? 그럼 딸 중에 누군가 외국인에게 시집가서 낳은 자식이라는 건가?"

조금은 고리타분할지 모르지만 세가의 무공이 모두 남성을 중심으로 만들어지다 보니 오대세가는 자연스럽게 남자들이 가주직을 이어받는 것이 전통이었다.

어쩌다 아들이 없을 경우엔 다른 직계 형제 중에서라도 아들을 데려와 가주직을 물려주면 물려줬지, 결코 딸에게 물려준 적이 한 번도 없었다.

그만큼 보수적이고 답답한 곳이 오대세가라고 재중은 들었었다.

그런데 방금 테라의 말을 들어보면 꽤 많은 변화가 있는 듯했다.

—네, 아무래도 지난 전쟁 때 살아남기 위해서 나름 많이 바뀐 듯해요, 마스터.

청일전쟁은 1894년에 일어나 1895년에 끝났다.

그러니 그때 오대세가의 딸 중에 몇몇이 외국인에게 시집가서 자식을 낳았다면 지금 론도 랜필드와 같이 있는 노인 정도의 연배일 터였다.

그 나이대의 혼혈 인물이 오대세가의 방계에 있다고 해도 전혀 이상한 일은 아니다.

본래 청일전쟁은 중국과 일본이 조선의 지배권을 놓고 싸운 전쟁이다.

결과는 실질적으로 중국이 청일전쟁에서 패하면서 중국 땅까지 일본에 먹혀 버렸다.

당연히 갑작스런 중국의 패배는 사람들에게 살아남을 방법을 강요할 수밖에 없다.

"머리를 잘 썼군."

오대세가는 지독하게 폐쇄적인 것으로 유명했는데 결국 살아남기 위해서 전통을 버린 것이나 마찬가지다.

재중이 생각하기에 오대세가의 선택은 탁월했다.

—그렇죠. 그러니 구파일방은 사파일방으로 반 토막이 났지만, 오대세가는 그대로 유지하고 있으니까 말이에요. 하지만 방계라도 오대세가의 장로라면 좀 골치 아픈 사람일 수도 있겠는데요, 마스터.

"……."

재중은 테라의 말에 굳이 대답하진 않았다. 하지만 동의하는 것이나 마찬가지였다.

그냥 방계라면 사실 재중에게 그다지 문제될 것이 없었다.

그저 조용히 사고로 위장해서 죽이거나 그것도 힘들다면 조용히 세상에서 지워 버리면 되니 말이다.

하지만 세가에서 장로의 위치에 있다면 개인적인 무력만이 문제가 아니었다.

무력도 무력이지만 장로가 실종되면 오대세가에서 본격적으로 움직일 가능성이 컸다.

아직은 오대세가의 장로라는 직책이나 오대세가라는 조직이 테라와 재중에게 부담이 될 수밖에 없는 것이 현실이다.

론도 랜필드가 온 것이 처음에는 재중에게 위험의 근원을 뽑아버릴 기회로 여겨졌었다.

그런데 옆에 오대세가의 장로가 있다면 오히려 함부로 움직이기 불편한 점이 생길 수밖에 없었다.

"녀석의 움직임은 어때?"

그래도 미국의 경제를 움직이는 랜필드 가분에서 첫째라는 론도 랜필드였다.

그런 녀석이 아무 생각도 없이 한국에 들어왔을 리는 없기에 물었다.

—우선 내일 태평그룹과 미팅이 잡혀 있는 것은 이미 확인했어요, 마스터.

"태평그룹?"

재중은 여기서 태평그룹 이야기가 나오자 씨익 웃었다.

한국이라면 천산그룹이 가장 먼저 떠오를 만큼 입지가 독보적인 곳이다.

그런데 그런 한국에서 천산그룹을 내버려 두고 태평그룹과 미팅을 한다?

재중이 생각하기에는 조금 이상할 수밖에 없었다.

하지만 크루즈 사건을 생각하면 굳이 그렇게 어색한 것도 아니긴 했다.

데이빗 랜필드가 죽고 조사를 받을 때 천서영도 함께 있었으니 말이다.

론도 랜필드는 그때 가문에서 제법 심하게 심문했던 것을 알고 있으니 천산그룹을 의도적으로 피한 것이다.

그런데 그런 사정을 제쳐 두고라도 왜 굳이 태평그룹을 선택했는지가 조금 이상했다.

국내 식품 쪽에서 높은 점유율을 가지고 있는 곳이 태평그룹이었으니 말이다.

"랜필드 가문은 뭐가 핵심이지?"

재중의 그런 물음에 테라는 바로 대답했다.

—석유예요, 마스터.

"석유라……. 그런데 식품 쪽에 점유율이 높은 태평그룹을 론도 랜필드가 왜 찾았을까?"

—음, 저도 그게 좀 이상하긴 한데요. 마스터의 말을 들어보니까요.

테라도 처음에는 그저 사업 차 한국에 온 것처럼 보이기 위해서 태평그룹을 선택한 것으로 예상했다.

그런데 재중의 말을 들어보니 이상한 일이다.

랜필드 가문은 주력 사업이 석유였다.

물론 그 외에 전기 사업도 있고 론도 랜필드가 개인적으로 가지고 있는 패션 브랜드도 있긴 하다.

그러나 누가 뭐라 해도 랜필드 가문의 주력 사업은 석유이다.

그런데 가문의 장자이자 차기 가주로 알려진 론도 랜필드가 그걸 몰라서 식품 쪽의 점유율이 높은 태평그룹을 골랐을까?

그건 아니라는 것이 테라의 결론이다.

재중의 생각도 마찬가지였다.

"박태평."

그런데 재중의 입에서 나직이 흘러나온 박태평의 이름을 듣는 순간, 테라는 퍼뜩 생각나는 게 있었다.

—아, 마스터, 이유가 있었어요. 박태평.

"박태평이 어쨌는데?"

—그 있잖아요, 마스터와 마주하고 살아남은 몇 안 되는 인간이 그 녀석이에요, 마스터.

"……."

재중은 테라의 말을 듣고서야 가만히 생각해 보니 확실히 가능성이 있는 말이긴 했다.

지금까지 재중의 적으로 인식되어서 살아남은 녀석이 거의 없었다.

그러다 보니 재중 자신도 모르게 거의 잊고 지냈던 것이다.

하지만 테라는 제3자의 입장이기에 생각의 폭을 넓혀서 수많은 가능성을 찾아볼 수 있었다.

그리고 그나마 이번 론도 랜필드와 태평그룹이 만나는 이유로 가장 높은 확률이 바로 박태평의 존재였다.

거기다 박태평은 재중의 일격에 힘을 일부 제한받기까지 했다.

"그럼 박태평을 통해 내 능력을 알아볼 생각이겠군."

—그럴 확률이 아주 높아요, 마스터.

"후후훗. 론도 랜필드, 머리가 좋은 녀석인데?"

박태평의 이름 하나로 인해 흩어져 있던 퍼즐들이 차근차근 맞춰지기 시작했다.

론도 랜필드가 왜 국내로 직접 왔는지 그 이유를 시작으로 말이다.

간단하게 론도 랜필드는 테라가 퍼뜨린 소문을 믿지 않는다는 것이 확실했다.

그리고 그걸 직접 확인하기 위해서 한국에 왔을 테고 말이다.

원래 머리가 좋은 녀석들은 뭐든지 자신이 직접 보고 확인해야만 직정이 풀리는 성격이 많은 편이고, 론도 랜필드도 그런 듯했다.

다만 의심을 한다면 당연히 그만큼 준비를 했을 게 분명했다.

그리고 지금 보니 그 준비가 바로 오대세가에서 나온 장로인 듯했다.

한마디로 교묘하게 재중에게 혼란을 주면서도 자신이 직접 움직인 본래 목적은 쉽게 알지 못하도록 연막을 친 것이다.

—마스터의 능력은 대외적으로 기공술로 알려져 있어요.

"그렇지. 그리고 기공술은 무공이고 말이야."

—맞아요.

"크크크크큭! 론도 랜필드, 재미있는 녀석이야. 크크크큭."

재중은 간만에 자신의 예상을 벗어나 움직이는 론도 랜필드의 행보가 재미있기만 했다.

물론 론도 랜필드가 머리가 상당히 좋은 천재라는 것은 재중도 인정한다.

하지만 그가 모르는 것이 하나 있었다.

바로 테라의 존재이다.

재중에게 최고의 참모인 테라다.

실제로 테라만큼의 천재도 찾아보기 힘들었다.

무엇보다 론도 랜필드가 아무리 천재라고 해도 테라보다

불리할 수밖에 없는 한 가지가 있다.

바로 드래곤의 삶을 모두 적은 기록과 오랜 세월을 살아온 삶의 경험이라는 것.

그 두 가지가 있는 이상 절대적으로 재중이 유리한 것은 변할 수가 없었다.

아무리 뛰어난 천재라도 결국 어린애는 어린애일 뿐이다.

경험해 보지 못한 것을 생각하는 것은 쉽지 않다.

하지만 테라는 재중보다도 오래 살아온 드래곤의 마도서다.

그만큼 삶의 연륜과 경험이 풍부했다.

거기다 재중도 드래곤의 마도서인 테라의 실제 나이가 얼마인지 모를 정도였다.

그 정도로 테라가 살아온 세월이 얼마나 긴지 그 누구도 알 수가 없다.

막연히 드래곤의 탄생과 함께하지 않았을까 하고 예상할 뿐이다.

뭣보다 우선 론도 랜필드가 태평그룹을 찾는 이유를 대충 예상했으니 정말 자신의 예상대로 움직이는지 지켜보는 것도 재미있겠다는 생각이 들었다.

"우선 그냥 지켜봐. 그리고 노인의 정체도 빠른 시간 안에 알아보고."

—네, 마스터.

현재로써는 많은 정보를 알고 있는 론도 랜필드보다 의문에 싸여 있는 노인의 존재가 재중에게는 더 꺼림칙했다.

Chapter 08
재중의 재산

“헐, 오늘도?”

S대 영문과 수업이 끝나고 밖으로 나가던 학생들이 눈앞에 보이는 광경에 모두 이제는 질렸다는 표정들이다.

근처 대학에서 몰려든 듯 각 대학의 이름이 쓰인 축구복을 입은 학생들이 재중이 수업을 받는 영문과 입구를 둘러싸고 있는 것이 벌써 일주일째이다.

학생들도 처음에는 놀랐지만 이제는 지긋지긋한 듯했다.

“재중 형님, 시합을 부탁드립니다.”

이미 재중이 천산그룹과 관련이 있다는 소문이 S대를 넘어 근처 대학까지 쫙 퍼져 있는 상황이라 재중을 얕보는 녀석은 없었다.

무엇보다 천서영이 죽자고 따라다닌다는 소문은 이미 누구나 아는 일이었으니 말이다.

하지만 그놈의 남자들의 승부욕이 문제였다.

"저희와 시합을 해주세요, 재중 형님!!"

서른네 살이라는 나이를 알고 있기에 형님이라고 깍듯이 부르고는 있다.

하지만 녀석들의 눈빛에서는 오로지 한번 붙어보자는 투쟁심만 가득할 뿐, 존경은 찾아보기 힘들었다.

주변의 학생들이 그들을 슬금슬금 피하는 것은 당연했다.

"크윽, 이건 말도 안 돼!!"

"사람도 아니다, 정말!"

하지만 기세 좋게 재중과 함께 나갔던 축구부원들은 불과 10분 뒤면 고개를 떨군 채 힘없는 발걸음으로 자신의 집으로 돌아가는 모습이 대부분이었다.

영문과 학생들은 오늘도 서 있는 축구부원들을 보면서 생각했다.

'뭐, 보나마나 10분이겠지.'

'맞아. 지금까지 재중 오빠가 축구하면서 10분을 넘겨본

적이 없으니까 말이야.'

재중은 혼자, 하지만 상대 축구부원은 무려 세 명이서 하는 일 대 삼 축구 시합이었다.

축구란 본래 패스를 통해 골을 넣는 경기이다.

당연히 숫자가 한 명이라도 많을수록 압도적으로 유리하다.

하지만 실상은 완전히 달랐다.

지금까지 재중에게 대결을 신청했던 축구부원 중 그 누구도 재중을 상대로 골을 넣지 못했으니 말이다.

한마디로 철벽, 아니, 무적이었다.

대학 축구부를 상대로 무회전 슛은 기본이고 드리블 UFO 슛을 뻥뻥 날려대는데 무슨 수로 막겠는가?

10분이라는 것도 대결을 신청한 축구부원들이 질려서 주저앉아 포기해 버리는 데까지 걸린 시간이다.

실제로는 시작하고 몇 분 만에 의욕을 잃어버리기가 일쑤였으니 말이다.

이런 재중의 무용담은 거짓말 하나 보태지 않고 그대로 소문이 퍼졌다.

하지만 오히려 거짓말 같은 현실 때문에 믿지 못하고 덤비는 녀석들이 여전히 줄을 잇고 있었다.

한때 누군가가 이런 말까지 한 적이 있다.

"이러다 프로축구 선수가 와서 재중 형이랑 한판 뜨자고 하는 건 아니겠지?"

라고 말이다.

하지만 그 누구도 몰랐다.

장난처럼 한 그 말이 결국 오늘 실제로 이뤄질 줄은 말이다.

그것도 국내파가 아닌, 이미 실력을 인정받아 해외 유명 구단에서 뛰고 있는 해외파 프로축구 선수가 대전을 신청할 줄은.

"선우재중 씨 되십니까?"

현직 해외파 프로축구 선수라고 해도 나이는 불과 20대 초반이나 중반이다.

재중과는 당연히 나이 차가 많이 벌어진다.

자연스럽게 누구누구 씨라는 말이 오가긴 했지만 대전을 신청한 프로 선수의 눈빛은 확연히 달랐다.

대학 축구부는 그저 막연히 이기고 싶다는 투쟁심이었기에 귀엽다고 할 수 있었다.

하지만 지금 재중을 찾아온 프로 선수에게는 투쟁심을 넘어 각오까지 느껴진 것이다.

물론 그런 프로 선수의 눈빛을 본 재중은 속으로 생각했다.

'그때 축구공을 만지지 말아야 했어. 이렇게 두고두고 귀찮은 일이 생길 줄 알았다면 말이야.'

재중이 어떤 행동을 하고 나서 가슴 깊이 후회를 하는 건 이번이 처음이었다.

본래 재중의 성격이면 그때 실바의 도전을 귀찮다고 거절했을 것이다.

하지만 그놈의 순수해 보이는 열정에 재중이 깜빡 넘어가 버린 것이 이런 결과를 만들고야 말았다.

기본적으로 냉정하고 귀찮은 것을 지극히 싫어하는 재중이다.

하지만 딱 한 가지, 순수하게 열정이 가득한 눈빛을 보면 이상하게 마음이 약해지는 경우가 종종 있었다.

그들의 눈빛을 보면 왠지 한 가지에 자신의 모든 것을 걸던 자신의 과거가 오버랩되기 때문일까?

아니면 다른 어떤 이유가 있는 것 때문인지는 모르지만 말이다.

"크윽."

그렇지만 그런다고 달라질 것은 없었다.

프로 선수든 아마추어 선수든 말이다.

어차피 평범한 사람이 괴물을 이기는 것이 불가능하다는 것은 이미 정해져 있는 순서일 뿐이었다.

"크크큭, 오늘도 잔인하게 새싹을 자르는 너의 모습을 잘 봤다, 재중."

"…아직 안 갔냐?"

재중은 장난스럽게 웃으면서 다가오는 레오나르도 실바를 보면서 퉁명스럽게 한마디 했다.

하지만 이제는 그런 재중의 말투에 익숙해져 버린 실바였다.

"나야 가고 싶지만 이미 스케줄이 많이 잡혀 있어서 말이야."

어깨를 으쓱거리면서 말하는 실바다.

그러나 너무 바빠서 힘들다고 말하는 것과는 달리 싱글벙글한 모습으로 재중에게 미소를 보여주었다.

"그렇게 재미있으면 네가 상대해 주든지."

재중은 잠시 쉬는 타임에 다가오고 있는 다른 도전자를 손가락을 가리키면서 말했다.

하지만 실바는 오히려 크게 놀라면서 오버하는 표정으로 거절했다.

"안 되지. 내가 여기서 상대하면 아마 스페인에서 난리가 날걸? 애들 가지고 노는 잔인한 스타라고 말이야."

"흥!"

재중은 실바의 말에 콧방귀를 뀌었다.

하지만 실제로 재중이 도전자를 상대하는 것과 실바가 상대하는 것은 완전히 다를 수밖에 없었다.

실바는 이미 얼굴과 이름, 그리고 실력을 인정받은 전 세계적으로 유명한 프로 선수다.

실바가 나서는 순간 도전자들의 전의가 완전히 꺾일 것이 분명하다.

그건 결과적으로 실바가 아마추어를 가지고 노는 정도로밖에 비춰질 수밖에 없었다.

무엇보다 실바 정도의 스포츠 스타는 자신의 이미지에도 상당히 신경을 쓰고 투자해야 하는 것이 기본이었다.

장난식으로 거절하긴 했지만 진심도 어느 정도는 담겨있을 수밖에 없었다.

"그럼 지켜보든지."

재중은 실바가 그다지 반갑지도, 그렇다고 싫지도 않기에 대충 한마디 던지고는 다시 운동장으로 나갔다.

물론 10분 뒤에는 울면서 집으로 돌아가는 도전자들과 함께 돌아왔지만 말이다.

"잘 봤어, 냉혈한 재중 씨."

장난치듯 재중을 놀리는 실바의 말이지만, 정작 이 농담을 이곳에서 알아듣는 사람은 재중 혼자였다.

스페인어로 말하는 실바의 빠르면서도 흘러가는 듯한 말

투를 정확하게 알아들을 수 있는 사람은 재중뿐이었으니 말이다.

"됐어. 농담은 그만하고, 오늘은 왜 온 거야?"

이미 테라에게 실바의 빽빽한 스케줄을 들었다.

그런데 그런 빽빽한 스케줄 중에 자신을 찾아왔다면 당연히 할 말이 있거나 이유가 있을 것이다.

재중이 단도직입적으로 물어보자, 실바가 미소 지으며 고개를 내저었다.

"후후훗, 역시 뭔가 대화의 미학을 모른단 말이야, 재중은."

씨익~

재중은 끝까지 장난치는 실바의 모습에 입가에 미소를 진하게 그려 보이면서 말했다.

"친선 시합 때 공 만지고 싶으면 용건이나 말해."

"췟, 아무튼 재미없는 녀석."

실바는 뭔가 친해졌다 싶으면 다시 얼음 같은 재중의 모습에 낮게 투덜거렸다.

그래도 이미 재중의 스타일에 많이 익숙해져서 곧 본래의 목적을 말하기 시작했다.

"너 친선 시합 때 스타팅 멤버로 나온다면서?"

"응."

"그럼 골키퍼 해주면 안 되냐?"

우드득!!

재중의 주먹에서 소리가 울리자 움찔하는 실바이다.

"농담, 농담! 하하하하하! 사실 감독님 말을 전하러 왔다."

"말해."

"레알 마드리드로 와달란다."

"싫다!"

뭔가 엄청난 이야기가 오갔지만, 재중은 그저 귀찮은 표정으로 단칼에 거절해 버렸다.

"그럴 줄 알고 있었다. 그래서 감독님이 이 말도 전하래. 재중 너의 동생 시집보내고 싶으면 레알 마드리드로 오라고."

"……?"

재중은 싫다고 말하려다가 뜬금없이 연아의 결혼에 대해서 이야기가 나오자 고개를 갸웃거렸다.

"그게 왜 그렇게 연결되는 거지?"

연아의 결혼과 자신이 레알 마드리드로 가는 것과 무슨 상관이란 말인가?

하지만 실바는 손가락 하나를 세워선 흔들면서 입을 열었다.

"이런, 이런. 아직 세상 살아가는 것을 모르는구만, 재중은."

"살아가는 법?"

"당연하지. 네 동생 선우연아 씨 나이가 몇이지?"

"스물아홉 살이다."

"여동생 나이를 그냥 막 말해도 돼? 여기 한국인데."

실바는 어디에선가 한국에서는 여자에게 나이를 물어보는 것이 실례라는 것을 들은 듯했다.

그때는 고개를 갸우뚱하긴 했지만, 그 나라의 풍습이려니 했다.

하지만 재중은 그런 풍습은 개나 줘버리라는 듯 묻자마자 바로 대답했다.

"내 동생이니까."

참으로 간단한 답변이다.

하지만 이상하게도 그 답변에 반박할 말을 찾지 못하는 실바이다.

"아무튼 오빠가 유명한 레알 마드리드에서 뛰는 축구 선수가 되어봐. 당연히 여기저기서 중매가 팍팍, 아주 팍팍 들어오는 것은 당연한 일이잖아? 안 그래?"

"……."

재중은 대답 대신 한심하다는 듯 그게 왜 그렇게 연결이 되느냐는 표정으로 실바를 노골적으로 쳐다보았다.

"내 여동생들 다 그렇게 시집갔어. 진짜야."

순간 자신도 모르게 울컥해서 진심으로 말해 버린 실바였다.

"그렇겠지."

물론 그 말에도 시큰둥한 재중이지만 말이다.

"야, 내 연봉이 얼마인 줄은 알아?"

"몰라."

당당하게 모른다고 말하는 재중의 모습에 순간 힘이 빠져 버린 실바는 한숨을 쉬더니 입을 열었다.

"나 연봉이 8천만 달러다."

"그래."

"……."

연봉이 8천만 달러라고 말해도 도무지 표정의 변화는커녕 그렇구나 하는 재중이다.

8천만 달러면 한화로 약 800억 원이다.

그런데 어째 별 변화가 없는 재중의 표정이었다.

당연히 실바가 기대한 반응은 이게 아니었다.

재중의 그 심드렁한 모습에 실바가 오히려 살짝 당황하기 시작했다.

"야, 나 8천만 달러 벌어. 1년에. 그리고 감독님이 너도 나랑 같은 연봉으로 무조건 데리고 간다고 오래. 어때? 확 당기지 않아?"

"별로."

"너, 한 달에 얼마 버냐?"

도대체 반응이 없어 오기가 생긴 실바가 얼마를 버는지 물어보자 재중은 바로 대답했다.

"나 직업 없어."

"직업이 없으면… 백수냐?"

"아니."

"그럼 뭔데? 직업이 없으면 백수잖아."

재중의 대답에 발끈한 실바가 대뜸 되묻자 재중은 당연하다는 듯 대답했다.

"여기가 어디냐?"

"S대."

"그럼 난 여기의 뭐지?"

"뭐긴, S대 학생이지."

재중은 실바의 말에 고개를 끄덕였다.

"너 설마 학생이니까 백수는 아니다 이거야?"

"당연한 거 아니야?"

"너 장가는 가겠니? 캘리가 너한테 시집가면 고생 좀 하……. 아, 그건 아니네. 영감님이 있으니까."

순간 재중을 죽자 사자 쫓아다니는 캐롤라인이 생각난 실바는 한탄하듯이 한마디 하려다가 말을 바꾸었다.

시우바 그룹 회장의 친손녀인 캐롤라인이 아닌가?

돈 걱정 따위를 할 입장이 아니다.

그리고 이미 그녀 스스로 모델로서 엄청난 돈을 벌어들이고 있기도 했다.

사실상 재중이 직업이 없다고 해서 그다지 문제될 것은 없어 보였다.

하지만 왜일까?

실바는 이상하게 재중에게 지고 싶지 않다는 욕심이 생기기 시작했다.

"야, 아무리 그래도 남자인데 결혼해서 살려면 어느 정도 돈은 있어야지."

"나 돈 있어."

"응? 백수가 무슨 돈이 있어?"

그냥 짜증 나서 홧김에 한 말인데 재중에게서 대답이 돌아왔다.

재중의 대답에 당황한 실바가 고개를 들어 쳐다보면서 묻자 재중은 왜 그러냐는 표정이다.

"백수가 어떻게 학비가 비싸기로 유명한 대학을 다니겠어? 당연히 돈이 있으니까 다니지."

"응? 그러고 보니 그러네."

재중의 말을 들어보니 맞는 말이다.

직업이 없는 재중이다.

학생이라고 말하긴 하지만 실바에게 학생이란 그저 돈 못 버는 백수의 핑계로밖에 들리지 않았던 것이다.

오로지 축구 하나로 자신의 인생을 개척한 실바는 묘하게 학교에 대해 약간의 반항심이 있는 듯했다.

아무튼 백수는 돈을 벌지 못한다.

돈을 못 버는데 비싼 대학을 다니면서 등록금을 내고 있다는 것은 당연히 말이 안 되었다.

거기다 실바가 듣기로 한국의 대학 등록금은 정말 비싸다고 했다.

그중에서도 S대는 진짜 비싸 등록금으로는 최고라고 들었다.

물론 비싼 만큼 한국에서는 최고라는 타이틀을 가지고 있기도 하지만, 틀림없이 비싼 학교였다.

"얼마나 있는데?"

실바의 말에 재중은 바로 테라를 불렀다.

'테라.'

—네, 마스터.

'현재 내 돈이 얼마나 있지?'

—지금 현 시간으로 현금으로 가지고 있는 액수는 39억 달러 정도 있어요. 정확하게 말씀드릴까요?

'아니, 됐어.'

테라의 말을 들은 재중은 실바를 보면서 말했다.

"39억 달러 정도 있을 거야."

"…거짓말!"

실바는 재중의 말을 듣자마자 바로 말도 안 된다는 표정으로 벌떡 일어섰다.

그리곤 도저히 믿을 수 없다는 듯 통장을 보여달라고 했다.

"여기."

재중은 테라에게서 통장을 넘겨받아 그대로 보여줬다.

어차피 통장일 뿐이니까 말이다.

그런데 통장을 본 실바는 허탈하게 웃어버렸다.

그도 그럴 것이, 재중이 내민 통장은 실바에게도 익숙한 통장이었으니 말이다.

실바도 같은 은행에서 거래하고 있었다.

그렇기에 진짜라는 것은 굳이 확인하지 않아도 충분히 알 수가 있었다.

다만 백수의 통장에 39억 달러라는 말도 되지 않는 돈이 있다는 것이 믿어지지 않았다.

"하아, 이 정도면 뭐 안 한다고 해도 이해가 간다."

실바도 재중이 왜 그렇게 축구 선수하기 싫다고 거절하는지 통장을 보는 순간 바로 이해할 수밖에 없었다.

39억 달러, 이 숫자가 말해주는 의미가 대단히 컸으니 말이다.

이제 재중의 나이 서른네 살인 것을 생각하면 말도 안 되는 액수이다.

한화로 무려 3조 6,700억 원의 돈이 지금 재중 개인의 재산이다.

그뿐인가?

외국 계좌이기에 한국에서는 그 누구도 알지 못하는 재산이기도 했다.

그리고 지금 재중이 가지고 있는 39억 달러는 실바가 죽어라고 평생 뛰어도 모으기 힘든 돈이기도 했다.

세계 최고의 프로축구 선수라는 프라이드는 이미 재중에게 한번 박살 났으니 의미 없는 상태이다.

하지만 설마 가지고 있는 돈까지 이렇게 말도 안 되게 많을 줄은 생각도 못했다.

스윽~

잠시 재중의 재산에 충격을 받은 실바가 곧 정신을 차리더니 천천히 손을 들어 올렸다.

그리고는 엄지손가락을 치켜세우고 재중에게 한마디 했다.

"네가 짱이다."

그리고는 힘없는 발걸음으로 돌아가 버렸다.

물론 재중은 가는구나 하는 정도였지만 말이다.

하지만 실바가 돌아가는 뒷모습을 본 몇몇 여학생은 자신도 모르게 왠지 위로해 주고 싶다는 기분을 느꼈다.

그래서인지 시야에서 실바가 사라질 때까지 그의 뒷모습을 한참 쳐다보았다.

그런데 몇 분 뒤, 떠난 것 같던 실바가 다시 되돌아오는 게 아닌가?

"……?"

방금 떠나던 실바의 표정은 복잡하기 그지없었다.

재중은 한동안 그가 자신 앞에 모습을 보이지 않을 거라고 생각할 정도였던 것이다.

그런데 간 지 얼마 되지도 않아 돌아오자 재중이 이상해서 그를 쳐다보았다.

"캘리가 요즘 안 보이는데, 재중은 이유를 알고 있어?"

"캐롤라인? 아니, 모르겠는데? 그러고 보니 공항에서 헤어진 이후로 본 적이 없는걸."

재중은 실바의 말을 듣고서야 캐롤라인을 인천공항에서

내릴 때 외에는 본 적이 없다는 것이 기억났다.

"…역시 너는 정말 무신경한 녀석이구만. 아니다. 어차피 내일 알게 될 거."

그리고는 약간의 복수를 했다는 표정으로 다시 가버리는 실바이다.

"뭐지? 내일 알게 되다니?"

재중은 잠시 캐롤라인을 잊고 있던 것이 살짝 미안하긴 했다.

하지만 어차피 연인도 아니기에 금방 기억 속에서 잊어버렸다.

Chapter 09
편입한 캐롤라인

다음 날, 편입생으로 S대에 입학한 캐롤라인을 보고서는 어제 실바가 했던 내일이 되면 알게 된다는 말뜻을 이해할 수가 있었다.

그런데 캐롤라인이 편입한 학과가 참 노골적으로 재중을 노리고 왔다는 것을 고스란히 드러내고 있었다.

한국의 S대에 브라질 사람인 캐롤라인이 영문과에 편입했으니 말이다.

한마디로 한국에서 영어를 배우기 위해 S대에 편입했다는 말도 안 되는 상황을 캐롤라인은 만들어 버렸다.

물론 시우바 그룹의 엄청난 배경을 등에 업고 파트너 관계에 있는 천산그룹의 도움을 전폭적으로 받아서 말이다.

"그냥 학교 관둬 버릴까?"

재중은 순간 귀찮은 일이 자꾸 생기는 것에 그냥 S대를 관둘까 하는 생각을 잠시 했다.

그저 스펙을 위해서 입학했을 뿐인데, 꼭 졸업을 해야 하는지 의문이 들었다.

하지만 그것은 생각뿐이었다.

연아가 알게 되면 아마 난리를 칠 것이다.

귀찮음 때문에 남매간에 싸움이 일어나는 것도 원하지 않았기에 우선은 계속 다니기로 했다.

"헐, 캐롤라인도 재중이 형을 따라다녀?"

캐롤라인이 편입해서 영문과에 들어온 지 불과 하루가 지났을 뿐이었다.

그러나 이미 S대에서는 또다시 재중의 이름이 학생들의 입을 오르내리는 중이다.

그것도 남학생들 사이에서는 질투가 가득 담긴 말이, 여학생들 사이에서는 재중에 대한 호기심과 함께 한번 도전해 볼까 하는 생각이 담긴 말로 말이다.

"재중~"

첫날부터 수업이 끝나자마자 노골적으로 재중의 옆자리로 오더니 온갖 애교를 벌이는 캐롤라인이다.

옆에서 보면 닭살이 돋을 만큼 콧소리가 가득한 영어로 재중과 대화하는 캐롤라인의 모습을 본 다른 학생들은 단번에 알 수 있었다.

"재중이 형 때문에 이곳에 편입한 게 확실해."

"하긴… 영어를 배우려고 한국의 S대에 온다는 게 말이 되지 않으니."

캐롤라인의 행동이 이 모든 상황을 설명해 주었던 것이다.

하지만 그와 동시에 다른 학생들은 걱정하기 시작했다.

"서영 선배가 곧 올 텐데… 만약에 저 모습을 보면……."

부르르르.

남학생들은 천서영과 캐롤라인이 만나는 모습을 상상하기만 해도 온몸에 오한이 드는 느낌을 받을 수밖에 없었다.

하지만 그러면서도 한편으로는 또 이런 생각도 하고 있었다.

"제발 대판 싸워서 그냥 찢어졌으면 좋겠다."

"확 서영 선배와 이번 기회에 헤어졌으면 좋겠다."

"저 정도면 헤어지다 못해 서영 선배가 다른 학교로 편입할지도 모르겠다."

캐롤라인의 재중에 대한 노골적인 관심은 점점 다른 학생들에게 여러 가지 상상력을 키워주기 시작했다.

그리고 수업이 모두 끝나고 대망의 시간이 되었다.

천서영이 재중을 맞이하러 영문과에 도착하기 1분 전이다.

꿀꺽.

꿀꺽꿀꺽.

어제만 해도 수업이 끝나자마자 모두 강의실을 나가기 바빴었다.

그런데 오늘은 유독 전 학생이 강의실에 남아서 무언가를 기다리듯 문만 쳐다보고 있었다.

땡~

그리고 약간 늦긴 했지만 영문과 학생들이 기다리던 천서영이 문을 열고 들어왔다.

"왔다."

"헉! 드디어……."

"삼자대면이 벌어지는 것인가?"

뭔가 엄청나고 스펙터클한, 블록버스터 영화보다 더 긴장감과 박진감이 넘치는 천서영 VS 캐롤라인의 싸움을 기대했던 학생들은,

"캘리, 결국 왔네요."

"응, 왔어. 오랜만이야, 서영."

너무나 반갑게 서로 인사하면서 악수하는 두 사람의 모습에 모두 영혼이 순간 육체를 벗어날 뻔한 것을 겨우 부여잡기 바빴다.

"말도 안 돼!"

"어떻게 저렇게 다정해?"

"미친. 저건 누구도 예상하지 못한 결말이잖아!"

아주 난리도 이런 난리가 없었다.

하지만 이런 난리 속에 조용히 입가에 웃음을 짓고 있는 한 사람이 있다는 것을 아는 사람이 없다는 것이 그나마 다행이라면 다행이었다.

씨익~

재중의 보일 듯 말 듯한 입가의 미소를 말이다.

마치 패배자들에게 승리자가 보내는 것 같은 기분 나쁜 조롱이 섞여 있는 듯한 미소를 많이 닮아 있는 것이 조금은 이상했다.

하지만 조용히 나타난 미소는 누군가의 눈에 띄지 않고 곧 다시 조용히 사라져 버렸다.

"서영 씨는 알고 있었나 보군요."

재중이 걸어가면서 물어보자 강하게 손사래를 치면서 다

급히 말하는 천서영이다.

"아니에요, 재중 씨. 오해예요. 저도 오늘 오전에 아버지를 통해서 알았어요. 시우바 그룹의 손녀가 편입하니까 잘 사귀어보라고 말이에요."

천서영의 말을 들은 재중은 그녀의 눈동자에서 진심을 읽고 원흉이 누군지 금방 알 수 있었다.

바로 천산그룹의 천 회장이었던 것이다.

시우바 회장과 천 회장이 서로 조용히 합의하고 처리한 것이 거의 확실해 보였다.

재중의 곁에 천서영이 대부분 붙어 있는 것을 알고 있으면서도 천서영에게 당일 날까지 숨기다가 이야기한 것을 보면 말이다.

"하지만 캘리 씨가 영문과로 편입한 건 좀… 아니지 않아요?"

천서영은 친한 것은 친한 것이고 라이벌은 라이벌이기에 경계를 담은 눈빛으로 캐롤라인에게 물어봤다.

"후후훗, 뭐 어때요? S대 영어도 세계에서 충분히 통할 만큼 수준급이던데요? 문법 같은 것을 중심적으로 가르치는 곳은 아마 제가 알기로 한국의 대학밖에 없을 거예요. 그리고 전 이상하게 문법이 너무 약해서. 호호호호!"

억지로 끼워 맞추듯 변명하는 것이 확실한 캐롤라인의

말에 천서영은 순간 발끈했지만 어쩔 수가 없었다.

이미 일은 벌어졌으니 말이다.

그보다 천서영은 천 회장에게 은근히 배신감을 느끼는 중이다.

자신이 재중을 죽자고 쫓아다니는 것을 알면서도 어째서 라이벌인 캐롤라인을 재중이 있는 영문과에 편입시켰는지, 그리고 왜 자신에게 당일까지 말을 하지 않고 숨겼는지에 대해서 말이다.

꼬옥.

그리고 강하게 주먹을 움켜쥔 천서영은 자신도 모르게 천 회장과 시우바 회장이 무언가를 거래했을 것이라고 확신하고 있었다.

기업의 이익을 위하고 가족의 이익을 위해서는 그 누구보다 냉정한 사람이 바로 천서영이 알고 있는 천 회장이었다.

그런데 그런 천 회장이 아무리 파트너 관계에 있는 시우바 회장의 부탁이라고 하지만 캐롤라인을 아무 대가도 없이 그냥 재중이 있는 영문과에 편입시키지 않았을 것은 불보듯 뻔했다.

천산그룹에서 태어나 비즈니스에 관해서는 어릴 때부터 배워온 천서영이다.

이런 생각을 하는 것은 어쩌면 당연했다.

하지만 그건 나중에 천 회장에게 따질 일이다.

우선은 지금 눈엣가시처럼 재중의 옆에 찰싹 붙어 있는 캐롤라인에게 뒤지지 않아야 하는 것이 천서영의 최우선 과제였다.

천서영은 결국 처음으로 S대 내에서 재중의 팔짱을 껴버렸다.

"……?"

재중도 천서영이 자신의 팔짱을 끼는 것이 처음이기에 쳐다보자,

'절대로 지지 않아. 절대로.'

뭔가 알 수는 없지만 느낌만으로도 무섭고 어두운 기운이 천서영의 몸에서 흘러나오는 착각이 든 재중이다.

*　　*　　*

—마스터, 움직입니다.

씨익.

재중은 론도 랜필드가 한국에 들어와서 태평그룹과의 미팅을 잡았다는 것을 알아낸 바 있다.

그런데 이상하게 한국에 들어온 론도 랜필드가 꿈쩍도

하지 않고 호텔에만 머물고 있어 궁금해하던 참이었다.

하나 기다림이 있으면 끝도 있듯 드디어 론도 랜필드가 움직인 것이다.

당연히 아직은 정체불명인 오대세가에서 나온 장로 한 명과 말이다.

—따라갈까요?

"기다림의 대가는 받아야겠지. 크크큭."

재중도 기다리다 살짝 지쳤는지 마침내 끝이 보이자 입가에 미소를 한껏 그려내면서 테라를 따라 어둠 속으로 걸음을 옮기기 시작했다.

그리고 다시 어둠 속에서 나온 재중의 눈앞에 보이는 것은 전에도 한 번 본 적이 있는 별장이었다.

"여기는 박태평이 머물고 있던 별장인데?"

—음, 마스터께서 힘의 제약을 풀어줘서 예전의 박태평이라면 당연히 바로 움직일 줄 알았더니 여전히 여기에 있더라구요.

"흣."

재중은 테라의 말에 작게 웃음을 내뱉었다.

어차피 박태평이 회복해서 스스로 일어서든, 그렇지 않고 여전히 자신 속에 갇혀 살든 그건 재중이 알 바가 아니었다.

아무래도 좋기에 나온 작은 조소가 섞인 웃음이었다.

부르르릉!

—와요, 마스터.

그리고 재중이 박태평이 머물고 있는 별장을 보면서 한숨을 쉬는 사이, 기다리던 론도와 장로가 타고 있는 차가 조용히 박태평의 별장으로 접근하는 모습이 보였다.

"준비는?"

재중은 당장은 어떻게 할 생각이 없기에 테라에게 물어보았다.

—당연히 이미 몰래카메라와 도청, 그리고 소리만 들을 수 있다는 단점이 있지만 웬만한 마법 무효화에도 견디는 곤충 패밀리어를 잔뜩 풀어놨어요, 마스터.

우선은 조금 더 기다려 보기로 한 재중이다.

아직 아이린도 론도 랜필드와 함께 움직이는 장로에 대해서 정보를 알 수가 없다고 했다.

오대세가에서 어지간히 꽁꽁 숨겨둔 장로라는 생각이 들었다.

하지만 그걸 다르게 생각하면, 그렇게 숨겨둘 정도의 힘을 가지고 있다는 결론이 나온다.

본래 오대세가 정도의 역사와 규모를 가지게 되면 정말 최후의 수단이나 숨겨진 사람이 하나둘 정도는 기본으로 있다고 생각하는 것이 당연했다.

거기다 전쟁까지 견뎌내면서 세상을 보는 시야까지 가지게 된 오대세가이다.

그렇기에 그들이야말로 삼합회를 실질적으로 좌우하는 핵심인 것은 어쩌면 당연했다.

"도련님, 이곳입니다."

"그래요? 선우재중과 싸운 사람 중에 유일하게 살아 있는 사람이 맞는 거죠?"

"그건 이미 랜필드 가문의 정보를 모두 동원해서 확인한 사실입니다. 직접 가서 들어보면 더욱 확실하겠지요."

"들어가죠, 힐든 장로."

테라의 공명을 통해 론도와 힐든 장로의 대화를 엿듣던 재중이 드디어 장로의 이름이 나오자 눈빛이 순식간에 변했다.

—힐든이라면 혹시 미국에서 유명한 호텔 재벌인 그 힐든 가문 사람은 아니겠죠?

아무래도 직접적으로 북미에서 돈을 만지는 테라였기에 힐든이라는 이름을 듣자마자 떠오른 가문이 하나 있었다.

바로 세계적으로 유명한 호텔 재벌인 힐든 가문이었다.

사람들에게는 방탕한 생활과 매일 남자를 갈아치운다는

소문으로 가득한 패터슨 힐든이라는 가문의 딸이 더욱 유명한 곳이다.

그러나 결코 쉽게 봐서는 안 되는 가문이 바로 힐든 가문이다.

테라는 그 사실을 너무나 잘 알고 있기에 이처럼 놀란 것이다.

"아이린에게 오대세가에 혹시 힐든 가문으로 시집간 딸이 있는 세가가 있는지 알아봐라."

재중이 나직하게 말하자,

—헤헤헤, 이미 아이린에게 말해뒀어요, 마스터.

역시나 눈치가 빠른 테라답게 벌써 아이린에게 힐든 장로에 대해서 연락을 한 것이다.

그리고 그 정보가 결정적인 듯했다.

—마스터, 힐든 장로가 어느 세가의 장로인지 알아냈어요.

"어디지?"

—사천당가에 있는 장로라고 해요. 힐든 가문으로 시집간 여자가 있는 세가는 오직 사천당가뿐이라고 하니까 아마 확실할 거예요.

"사천당가라……. 독으로 유명한 세가로군."

—그렇죠. 그리고 이해가 되네요. 독만큼 정적이나 라이

벌을 처리하는 데 확실한 수단은 없으니까요.

재중은 힐든 장로가 사천당가에서 방계로 나온 장로라는 것을 알고 나자 입가에 미소가 번졌다.

그것은 정체를 알았다는 안도감의 미소가 아니었다.

그저 궁금한 것이 해결되었다는 미소일 뿐이었다.

어차피 재중에게는 나노 오리하르콘이 있는 이상 독은 아무 쓸모가 없었다.

성룡이 된 지금, 인간에게 특화된 사천당가의 독이 아무리 독하고 강해 봐야 결국 독일 뿐이었으니 말이다.

Chapter 10
움직이는 론도 랜필드

한편, 밖에서 재중과 테라가 힐든 장로의 정체를 파악하고 있는 그 시각, 론도와 힐든 장로는 별장 안에서 박태평과 마주하고 있었다.

초췌한 모습.

듣던 것과 달리 운동으로 다진 몸이라고는 생각할 수 없을 만큼 앙상하게 마른 몸이 론도 랜필드가 박태평을 보고 느낀 첫인상이다.

"처음 뵙겠습니다. 론도 랜필드라고 합니다."

론도가 정중하게 영어로 인사하자 박태평도 정중하게 영

어로 대답했다.

기업을 이어받을 절차 중에 영어만큼 중요한 것이 없으니 영어는 능숙했다.

"박태평입니다."

'눈빛은 살아 있어.'

론도는 박태평과 마주해 그의 눈빛을 직접 보는 순간 앙상한 몸과 달리 눈빛은 살아 있다는 것을 느낄 수 있었다.

론도는 속으로 미소를 지었다.

최소한 저런 눈빛이라면 헛걸음은 아니었으니 말이다.

"선우재중에 대해서 궁금해서 이렇게 실례를 무릅쓰고 찾아왔습니다."

"선우재중……."

이미 박태평은 랜필드 가문을 통해 론도가 자신을 찾아온 이유를 들은 상태다.

그래서 놀라거나 크게 반응을 보이진 않았다.

다만 계속 거절하다가 결국 승낙했기에 싫은 것을 억지로 하는 표정이긴 했지만 말이다.

"제가 알기로 그 선우재중과 싸운 사람 중에 유일한 생존자라고 들었습니다만……."

"생존자? 후후훗, 뭐 그렇긴 하네요. 살아 있으니. 하지만 그와 싸운 대가로 전 그룹에서 완전히 버려졌으니 생존자라고 하기에도 좀 애매하군요."

넋두리 같은 박태평의 말에 론도는 조용히 말을 끊고 박태평의 상태가 조금 안정되기를 기다렸다.

이미 사람을 대하는 방법은 그 누구보다 자세히 알고 있는 론도이다.

박태평의 아주 작은 기분의 불균형도 정확하게 알아채고는 시기적절하게 말을 멈춘 것이다.

"후우, 죄송합니다. 손님을 앞에 두고 이런 실례를……."

"아닙니다. 많이 괴로우셨을 그 심정, 저도 충분히 이해합니다."

"이해? 어떻게 이해한다는 거죠?"

론도가 자신의 기분을 이해한다는 말에 박태평이 발끈했다.

"제 친동생인 데이빗 랜필드가 얼마 전 선우재중과 다툼을 벌인 후로 자살했습니다."

멈칫!

"……!"

박태평은 론도의 말을 듣는 순간 직감했다.

재중이 죽였다고 말이다.

그리고 그런 박태평의 눈빛을 론도가 놓칠 리가 없었다.

"박태평 씨는 선우재중이 제 동생을 죽였다고 생각하시

는군요."

"…네."

박태평도 굳이 숨기지 않고 고개를 끄덕이며 대답하자, 론도의 눈빛이 흥미롭게 변했다.

론도는 동영상을 프레임 단위로 나눠서 몇 시간이고 살펴봤었다.

그러고서야 데이빗 랜필드가 마지막에 자살하기 위해 뛰어내릴 때 뛰는 걸음이 이상하다는 것을 겨우 발견했으니 말이다.

그때부터 론도는 바로 재중을 의심하기 시작했다.

그런데 이곳에서 자신과 같은 생각을 하는 사람을 만났으니 은근히 기분이 좋아지기 시작한 것이다.

"전 그 녀석의 주먹 한 방에 기절했습니다. 그리고 깨어나니 병원이더군요."

"정확하게 한 방입니까?"

남자에게는 상처가 될 수도 있는 말이었다.

하지만 이번엔 론도의 질문에도 박태평의 감정에 큰 변화가 없었다.

론도도 자신과 같은 아픔을 가지고 있다는 동질감을 느껴서 많이 차분해진 상태이기 때문이다.

"네."

"어디를 맞았습니까?"

"여깁니다."

박태평은 말하면서 윗옷을 훌러덩 벗더니 정확하게 명치 바로 아래를 가리켰다.

그걸 본 론도가 입을 열었다.

"실례지만 여기 제 옆에 계신 분이 기공술의 달인이십니다."

"기공술?"

"네, 선우재중과 같은 힘을 가지고 있는 분이죠."

"그럼… 그렇다면……?"

박태평은 론도가 소개한 힐든 장로가 재중과 같은 힘을 가지고 있다고 하자 갑자기 눈빛이 활활 타오르기 시작했다.

"기공술을 저도 배울 수 있는 겁니까?"

론도는 박태평의 말에 슬쩍 미소를 짓더니 천천히 고개를 끄덕였다.

"물론입니다. 하지만 그전에 먼저 이분이 박태평 씨의 몸을 잠시 살펴봐도 될까요? 기공술에 의한 상처나 흔적은 같은 기공술이 아니면 절대로 알 수 없으니까요."

론도의 말에 박태평은 스스로 일어서더니 힐든 장로가 보기 편하도록 자세를 취했다.

"얼마든지 보십시오. 하지만 저에게도 기공술을 가르쳐 주세요. 그 녀석에게… 그놈에게만은… 내 모든 것을 빼앗아 간 그놈에게만은… 복수를 해야 합니다. 복수를."

으드득!

복수심이 가득한 눈동자로 변한 박태평의 모습에 론도는 조용히 입가에 미소를 그렸다.

이미 박태평이 이렇게 변할 것이라는 것을 알고 있었던 론도였다.

아니, 오히려 론도가 이렇게 유도를 했다는 것이 정확했다.

그리고 그런 론도의 계략에 박태평은 보기 좋게 넘어가 버렸다.

복수심에 사로잡힌 박태평의 눈빛은 론도의 계획이 끝났다는 것을 의미했다.

이제 이용하는 것만 남은 것이다.

"어디 한번 보겠습니다."

힐든 장로가 천천히 손을 들어 박태평이 재중에게 맞았다고 하는 부분에 손을 댔다.

박태평이 맞은 부위를 살펴본 힐든 장로가 천천히 고개를 끄덕였다.

그러자 옆에 있던 론도도 같이 고개를 끄덕이면서 말했다.

"역시… 기공술이 맞군요."

론도가 마치 선언하듯 말하자 박태평이 끓어오르는 듯한 목소리로 외쳤다.

"가르쳐 주세요. 저에게도 그 힘을, 그 녀석에게 복수할 수 있는 힘을!"

"물론입니다, 박태평 씨. 저도 선우재중에게 동생을 잃은 아픔이 있는 사람으로서 도움을 드려야 하는 것은 당연합니다."

"감사합니다!!"

그렇게 론도 랜필드는 이용하기 좋은 꼭두각시를 얻게 되었다.

하지만 그들은 모르고 있었다.

재중이 이 모든 이야기를 듣고 있다는 것을 말이다.

시종 그들의 이야기에 귀를 기울이던 재중은 다른 의미로 입가에 미소를 짓고 있었다.

—마스터, 왜 그러세요?

"크크큭, 재미있어서 말이야. 서로 이용하고 속고 속이는 관계가. 크크큭."

—설마… 마스터께서는 지금 박태평도 론도를 상대로 속이고 있다는 걸 말하시는 거예요?

테라는 순간 재중의 말뜻을 파악하고 물었다.

하지만 그녀가 듣기에 박태평의 목소리가 정말 절실하게 들렸기에 크게 의심하지 않았다.

"박태평은 단순해. 즉흥적이지. 그리고 다혈질이야."

—그거야 이미 마스터께서도 겪어보았으니 잘 아시는 거잖아요.

"하지만 태평그룹을 이어받을 후계자로 키워진 녀석이기도 하지."

—그야 첫째니까. 그럼 역시?

테라가 그제야 이해가 되는 듯 말했다.

"맞아. 지금 박태평은 론도가 자신을 이용하려고 한다는 것을 잘 알고 있어. 그리고 론도 랜필드도 박태평이 자신의 진심을 알고 있다는 것을 알고 있고."

—허얼, 그럼 서로 속내를 다 알면서도 저렇게 신파극을 하고 있단 말이에요?

테라는 신파극도 저런 신파극이 없다고 생각했다.

절절한 박태평의 눈물도, 론도의 저런 따스함도 모두 서로의 속내를 알면서도 저렇게 할 수 있다는 것에 살짝 질린 표정이다.

하지만 재중은 오히려 그런 테라를 보면서 조용히 한마디 했다.

"그것이 비즈니스니까."

—이익을 위해서는 모든 것을 버릴 줄 알아야 큰 상인이 된다고 대륙에서도 말하긴 하지만… 저 정도일 줄이야. 무섭네요, 마스터.

"후후훗, 무섭지. 인간이란 동물은. 하지만 반대로 한없이 약하기도 하지."

재중은 박태평이 저렇게까지 자신에게 복수심을 불태우고 있다는 것에 눈빛이 살짝 바뀌기 시작했다.

지금까지는 그냥 박태평이었다면 론도와 손을 잡은 박태평은 적이었으니 말이다.

—마스터, 어떻게 할까요?

박태평이 확실한 적의를 드러낸 이상 재중에게는 적이었다.

재중이 적을 어떻게 처리하는지는 테라가 너무나 잘 알고 있다.

하지만 테라의 물음에도 재중은 조용히 입가에 미소만 짓고 있다.

—마스터?

"우선 그냥 지켜봐."

—네? 지켜보라구요? 혹시 작은 마스터에게 위해라도 가하면 어쩌시려구요?

작은 변수, 작은 예외를 싫어하는 재중의 성격상 그냥 두라는 건 예상치 못한 말이었다.

테라가 오히려 당황해서 물어보자, 재중은 입가에 미소를 그리면서 말했다.

"뭐 그때는 태평그룹이… 아니, 태평그룹에서 박씨 성을 가진 사람이 모두 사라지는 날이 되겠지."

재중은 지금 즐기고 있는 것이다.

박태평이 자신을 향해 복수심을 불태우면서 강해지는 것을 재중이 즐기기 시작했다는 것을 테라는 직감적으로 느낄 수가 있었다.

그리고 지금 이런 재중의 변화는 테라에게는 익숙한 모습이기도 했다.

드래곤들이 인간을 상대로 마나 사용법을 가르치고 나서 자신에게 덤비기를 기다리는 모습과 너무나 흡사하게 닮아 있으니 말이다.

이미 성룡이 된 재중에게 박태평이 아무리 강해져 봐야 결국 인간인 건 변하지 않았다.

그리고 박태평이 죽는 것도 변하지 않았다.

하지만 정작 재중이 원하는 것은 박태평의 강함도, 박태평의 분노도 아니었다.

그저 자신에게 덤비는 녀석이 얼마나 강할지 기대하는 호기심만 남아 있을 뿐이다.

—마스터, 정말 드래곤이 되셨군요.

테라의 그 말에 재중은 굳이 부정하지 않았다.

"크크큭, 한동안 재미있겠어. 크크크크크큭."

재중의 지금 이 모습이 완벽한 드래곤의 그것과 너무나 똑같아 테라는 잠시 표정이 굳어졌다.

하지만 다시 되돌아 재중의 표정을 본 테라는 입가에 미소를 그렸다.

"장난은 한 번이면 족해. 알았지, 테라?"

—네, 마스터.

그렇다.

냉혹하고 호기심으로 모든 종족을 장난감 취급하는 드래곤이지만, 역시나 재중은 재중이었던 것이다.

방금 말한 장난은 한 번이라는 말은 박태평만 자신의 마음이 이끄는 대로 하겠다는 뜻이다.

그리고 그 말은 테라가 알던 드래곤과는 다른 재중만의 모습이기도 했다.

"그리고 아이린에게 조금 더 힘을 실어줘야겠다는 생각이 들었는데 넌 어떻게 생각하지?"

—네?

재중의 갑작스런 말에 테라가 고개를 갸웃거리자,

"삼합회를 구성하고 있는 구룡회, 그리고 그 구룡회의 실질적인 핵심인 오대세가와 사파일방 중에 하북팽가에 이어서 또 다른 한 곳이 혼란스러워진다면 말이야."

—……!

테라는 재중의 말을 듣자마자 잠시 생각해 보더니 입가에 미소를 그렸다.

—현재보다 아이린의 힘이 커지는 것은 확실할 거예요, 마스터. 이미 삼합회에서도 자신만의 파벌을 어느 정도 형성하고 있는 아이린이니까요.

씨익~

재중의 웃음이 의미하는 것이 무엇인지 테라가 알아들은 이상 달리 설명을 할 필요는 없었다.

이미 오랜 세월을 곁에 있으면서 이렇게 활동했으니 말이다.

—우선 사천당가는 제외해야겠죠, 마스터?

"그렇지. 사천당가에 일이 생긴다면 박태평을 가르쳐야 할 힐든 장로가 높은 확률로 갑자기 불려갈 수도 있으니 말이야."

—그렇다면 제 생각을 말씀드려도 될까요?

"말해봐."

이미 재중은 테라가 어느 정도 조사를 했을 것이라 예상했다.

재중이 그러라고 하자마자 기다렸다는 듯 테라가 말을 이었다.

—저는 우선 오대세가는 제외해야 한다고 생각해요, 마스터.

“어째서?”

—이미 마스터에 의해 하북팽가의 가주가 죽는 일을 겪은 오대세가예요. 아마 어느 정도 대책을 세웠을 거고 서로 간의 유대가 저희가 예상하지 못한 변수를 불러올 가능성도 높아요. 하지만 그것보다 오대세가가 두 번이나 공격을 받으면 확실하게 경계를 해서 정말 중요한 녀석들은 숨어버릴 가능성이 높거든요.

“일리 있는 말이야.”

재중도 테라의 생각에 어느 정도는 동의했다.

전쟁까지 버티면서 살아남는 법을 배운 오대세가이다.

물론 사파일방도 호락호락하지 않겠지만, 혈족으로 이뤄진 오대세가의 경우 아주 민감하게 반응할 가능성이 높다는 것은 재중도 인정하고 있다.

“그럼 사파일방 중에 하나겠군.”

—네. 그리고 제가 가장 추천하는 곳은 바로 아미파예요.

“아미파?”

아미파라면 아미산의 정상 금정봉(金頂峰) 복호사(伏虎

寺)에 근거지를 두고 있는 전형적인 불교도들로 이루어진 문파다.

소설에서는 여성으로만 이루어진 문파로 알려져 있지만 그건 오해였다.

아미파는 예로부터 남자는 수도만 하고 여자가 불도를 정진하는 것이 기본 바탕이 되어 있기는 하다.

따라서 여자가 높은 불법을 배울 수 있으며, 그로 인해 여승의 무예가 전해지는 것은 사실이다.

하지만 여승만의 무예는 아니다.

그건 소설 속에서나 전해지는 이야기이고 실제로 아미파의 뛰어난 고수 중에는 비구니가 아닌 남자 승려도 만만치 않게 많다.

그것은 아는 사람은 다 아는 사실이다.

그리고 아미파는 그저 소설 속에 전해지는 문파라고만 생각하는 사람이 많은데 그건 잘못된 생각이다.

실제로 아미파의 경우 국가 체육위, 사천성 체육의 주관하에 아미 무술을 정리했다.

거기에 각 지역의 노권사들의 권술과 경험, 그리고 기법과 무술 기교 등을 전수받아 권형, 무술사지 등을 써내면서 많은 무술관을 세우고 있는 중이다.

대외적으로 소림사가 유명할 뿐이지 아미파도 결코 작은

방파가 아닌 것이다.

거기다 현재 1,093가지의 맨손 초식과 518가지의 기계 초식, 그리고 41장의 연마 초식, 276가지의 수련 방법과 14가지의 격투기 항목을 비롯해 20여 종의 무공이 수집되어 있는 상태이다.

한마디로 중국인들이 표현하기를 아미파는 아미산에 웅크리고 있는 용이라고 할 만큼 엄청난 곳이었다.

거기다 전쟁을 거치면서 어려움을 이겨낸 덕분일까?

아니면 비온 뒤에 땅이 더욱 단단해진다는 이야기가 정말 맞는 걸까?

어느 쪽인지는 모르지만 오대세가에 결코 뒤지지 않는 엄청난 문파였다.

중국에서만도 아미산 외에 아미 무술관이라는 간판을 건 무술관 수백 개가 중국 전역에 퍼져 있었다.

그 정도로 세력도 크게 확장되어 있고, 앞으로도 더욱 크게 확장시킬 것이니 말이다.

"음……."

재중은 테라가 전해준 아미파에 대한 현실적인 세력과 크기를 듣고서 살짝 고민했다.

아미파가 얼마나 강할까 하는 걱정은 애초에 재중의 머릿속에 존재하지도 않았으니 그건 아니었다.

그것보다 재중이 지금 걱정하는 것은 얼마나 빠르고 조용하게 처리하고 빠져나올 수 있는지에 대한 걱정이다.

아니, 걱정이라고 하기에도 좀 애매했다.

혹시라도 재중이 아미파에서 시간을 지체하는 사이 변수가 생길 수도 있는데 재중의 걱정의 핵심은 바로 그것이었다.

재중 스스로가 정한, 아미파를 최대한 흔들고 빠져나오는 시간에 생길 수 있는 변수 말이다.

원래 재중은 애초에 시간에 대한 변수를 생각하지 않는 편이긴 했다.

하지만 얼마 전 그런 무신경한 행동 때문에 2차 각성의 여파로 일주일 가까이 잠들어 버린 일이 있었다.

그 일이 생긴 이후로는 이렇게 은밀하게 움직일 경우 재중에게 가장 큰 걱정거리가 바로 시간이 되어버렸다.

연아의 눈물.

그건 재중에게 정말 생각지 못한 상처가 되었으니 어쩌면 이런 것도 당연했다.

그토록 연아를 찾아 헤맸는데, 막상 찾아서 자신의 품에 두게 되었는데, 그 연아가 자신 때문에 울었다는 것이다.

재중 스스로가 쉽게 용납되지 않는 실수였으니 말이다.

"아미파의 장문인만 처리하면 되겠지?"

저번에 오룡인 하북팽가의 가주를 죽였을 때 오대세가 중 하나인 제갈세가가 보였던 움직임을 생각하고 재중이 말했다.

한데 의외로 그 말을 들은 테라가 고개를 살짝 흔드는 게 아닌가?

—그것만으로는 좀 부족할 수도 있어요.

"부족?"

—네. 만약 마스터께서 아이린에게 정말 힘을 실어주시려면 사파일방 중에 하나인 아미파가 최소 7일 동안은 제정신을 차릴 수 없을 만큼 크게 터뜨리셔야 하거든요.

재중은 테라가 말하는 7일이라는 시간이 이상해서 되물었다.

"왜 굳이 7일이 필요한 거지?"

—후후훗, 그 7일이라는 시간 동안 아이린이 삼합회의 정보를 담당하는 곳을 집어삼킬 테니까요.

"……."

테라의 말을 들은 재중은 잠시 생각에 잠겼다.

그리곤 곧 씨익 웃음을 지었다.

왜 7일을 이야기한 건지 납득한 것이다.

"삼합회에서 정보를 통괄하는 쪽을 관리하는 곳이 아미파라는 거군."

—후후훗, 네. 뭐 제갈세가도 어느 정도 정보에 관여는 하지만, 실질적으로 관리하는 건 아미파예요.

"뜻밖인데? 정보라면 제갈세가에서 관리할 것으로 생각했는데 말이야."

제갈공명으로 유명한 제갈세가의 머리는 이미 중국에서도 자타가 인정하는 천재들이다.

그뿐인가?

술법에도 능하고 천기를 읽는 기인들도 심심치 않게 나타나는 곳이 바로 제갈세가였다.

호랑이 밑에 호랑이가 태어나듯 천재 가문에서 천재가 많이 태어나는 것은 당연한 일이다.

그런데 그런 머리 좋은 제갈세가를 두고 아미파가 정보를 통괄하다니 조금 이상할 수밖에 없었다.

재중이 의아해 물어보자 테라는 작게 미소를 지으면서 대답했다.

—믿지 못하니까요.

"크크큭, 결국 자기 자신 외에는 그 누구도 믿지 않는 오대세가와 사파일방이란 말이군."

테라의 말에 바로 이해가 된 재중이 나직하게 한마디 했다.

—뭐, 마스터의 말이 맞는 것도 어느 정도 있지만, 실제

로는 과거 제갈세가가 삼합회의 정보를 이용해서 자신의 가문에 막대한 이득을 챙기려고 했던 것이 들켜서 한 번 곤혹을 치른 적이 있거든요. 그 후로 제갈세가를 뺀 사대세가와 사파일방, 그리고 중재를 위한 소림사까지 모여서 합의를 본 것이 바로 아미파에 정보통합 관리를 맡기는 것이에요.

"크크크큭, 사대세가는 결국 혈족이니 제갈세가처럼 다시 실수를 저지를 수 있다는 생각에 사파일방에서 격렬히 반대했을 것은 뻔하고, 소림사는 본래 분쟁과 거리가 먼 곳이니 제외하면 사파일방에서 유일하게 불교도가 있는 곳이 아미파이니 선택의 여지가 없는 건가?"

재중이 자신의 추측을 이야기하자 테라는 고개를 끄덕였다.

—마스터의 추측이 100% 정확해요. 점창파와 공동파, 그리고 화산파도 있긴 하지만 그들이 도교를 숭상하는 곳이라고 해도 현대 사회와 밀접하게 관련되어 있는 것이 현실이에요. 그리고 대부분이 이미 전쟁을 겪으면서 힘이 가장 확실한 보호 수단이라는 것을 인식해서 과거의 도교를 배우고 수련하던 전통은 그들 안에서도 거의 사라졌으니 결과적으로 아미파뿐이었어요. 그나마 불교도들은 사회의 유혹에 가장 강하고 또 제갈세가와 같은 파렴치한 짓을 저지

를 확률이 가장 적으니까요.

"훗, 어차피 다 서로의 이득을 위해 움직이는 집단이지. 명분은 구실일 뿐이고 말이야."

―후후훗, 뭐 결국 현재 지구의 경제를 움직이는 비즈니스라고 할 수도 있어요. 지금 삼합회를 구성하고 있는 오대세가와 사파일방도 속내를 알게 되면 말이에요.

"일주일이라……."

재중은 테라가 말한 일주일이라는 시간을 잠시 생각하면서 고민하는 중이다.

일주일이라는 게 말이 쉽다.

실제로 일주일 동안 아미파를 정신 못 차리도록 만들어야 한다는 것은 생각보다 그리 쉽지 않은 일이니 말이다.

재중의 손에 죽은 오룡, 즉 하북팽가의 가주가 죽었을 때도 시간이 승패를 좌우했었다.

그것을 재중도 잘 알고 있으니 계획을 잘 세워야 했다.

그런데 일주일이라는 게 좀 애매했다.

하북팽가가 가주가 죽고 난 뒤 제갈세가의 공격을 버티면서 살아남은 시간이 불과 5일이다.

가주가 죽은 것과 제갈세가의 공격까지 5일이라는 짧은 시간 안에 막아내고 내부의 혼란까지 잠재운 것이다.

그리고 그 말은 재중이 아미파의 장문인을 죽여 버린다

해도 길어봐야 하루, 아니면 이틀이라는 뜻이다.

그 정도 시간이면 아미파도 충분히 문파 내부를 단속하고 처리할 수 있는 능력이 있다는 것과 다름없다.

한마디로 장문인은 죽여 봐야 의미가 없다는 말이다.

"장문인을 죽여 봐야 의미 없는 일이겠군."

재중이 나직하게 말하자 테라도 고개를 끄덕였다.

—네, 오대세가와 달리 사파일방은 장문인이 갑자기 죽는다고 해도 주변에 장문인의 역할을 할 사람이 많으니까요. 특히 오대세가의 장로는 집안의 웃어른 역할과 함께 숨겨진 힘이라면, 사파일방의 장로는 유사시 장문인의 모든 일을 대체할 수 있는 능력자가 대부분이에요.

"쩝. 일주일이라는 시간이 좀 난감한데."

—그게 좀 그렇죠, 마스터가 생각하기에도?

테라도 재중의 생각을 이해는 했다.

하지만 그나마 아이린과 협의해서 최소한으로 시간을 줄인 것이 바로 일주일이다.

재중이 아미파를 건드려서 일을 시작한다면 아이린도 자신의 모든 힘을 총동원해서 정보를 관리하는 곳을 장악하려고 나설 것이다.

그때 걸리는 시간이 바로 일주일인 것이다.

재중이 어떻게 해주느냐에 따라 아이린도 목숨을 걸고

이번 일을 도모한다는 뜻이었다.

그러니 테라가 어떻게 하라고 마냥 강요할 수도 없는 상황이었다.

"우선은 생각을 해봐야겠군."

당장 아미파를 건드릴 필요가 없기에 재중이 일단은 사안을 접었다.

지금은 다른 게 우선이었다.

고개를 돌리자 박태평의 별장에서 론도 랜필드와 힐든 장로가 나오는 모습이 보였다.

스으윽.

그저 한 걸음이었다.

재중이 그들을 확인하고 뒤로 자리를 옮긴 것이 말이다.

그런데 재중이 달빛으로 그늘진 나무 아래로 들어가자마자 순식간에 녹아들 듯 사라져 버렸다.

"그럼 조만간 태평그룹에서 만나는 것으로 하죠."

"네, 론도 랜필드 씨."

재중이 그들에게서 신경을 돌린 사이 이미 박태평과 론도 사이에 많은 진전이 있었나 보다.

불과 한두 시간 사이에 친형제처럼 가까운 친밀감을 보여주고 있다.

거기다 그룹에서 박태형에게 완전히 밀려 버린 박태평을

위해 론도 랜필드가 행동해 주기로 약속까지 했다.

론도가 직접 태평그룹에 연락해서 자신의 랜필드 가문과 박태평이 힘을 합쳐 무언가 해보고 그것을 대외적으로 보여주기로 한 것이다.

즉 론도 랜필드는 박태평에게 다시 한 번 그룹에서 입지를 세울 수 있는 기회를 주는 것이다.

물론 론도의 실제 속내는 자신의 이득을 위해서 어느 정도 투자를 한다는 생각인 듯하다.

하지만 론도에게는 약간의 투자일 뿐인 것이 박태평에게는 죽기 직전에 내려온 구원의 동아줄이나 마찬가지였다.

당연히 박태평은 론도가 준 기회를 덥석 물었다.

하지만 론도가 내려준 그 동아줄이 나중에 어떤 형태로 변할지는 아직 박태평도, 당사자인 론도 랜필드도 알지 못하고 있었다.

"그럼 나중에 정식으로 다시 뵙도록 하죠."

"알겠습니다. 그럼 안녕히."

박태평은 90도로 깍듯하게 인사하면서 론도가 차에 올라 떠나는 모습을 지켜보고 있다.

그리고 론도 랜필드가 탄 차가 시야에서 완전히 사라지자 그제야 입가에 미소를 띠고는 돌아서 천천히 별장 안으로 들어갔다.

모두가 떠나고 적막이 내려앉자 재중이 다시 모습을 드러냈다.

"마음껏 발버둥 쳐라, 박태평. 크크큭, 나를 재미있게 해 주려면 말이야."

이 말을 남기고 재중은 발길을 돌려 완전히 어둠 속으로 사라져 버렸다.

Chapter 11
프랜차이즈 사업

박태평과 론도 랜필드의 은밀한 만남을 지켜보고 돌아온 재중이 오랜만에 느긋하게 앉아서 커피를 한 잔 마시고 있던 때였다.

연아가 올라오더니 재중의 맞은편에 앉는다.

그리고 지그시 재중을 쳐다보더니 부른다.

"오빠."

"응?"

"오빠가 나를 좀 도와줬으면 해."

"도와달라니?"

뜬금없는 연아의 말에 재중이 고개를 갸웃거렸다.

그러자 연아도 고민을 한 듯 굳은 표정으로 말하기 시작했다.

"나 카페에서 이벤트를 하려고 생각 중이거든."

"이벤트?"

"응. 나 이 카페를 전국적으로 크게 한번 키워보고 싶어."

"흐음."

재중은 갑작스런 연아의 말에 흥미로운 표정을 하고 지그시 연아를 바라봤다.

설마 연아의 입에서 저런 말이 나올 줄은 재중도 예상하지 못했던 일이다.

그렇기에 지금 연아의 말은 재중의 흥미를 일으키기에 충분했다.

"내가 천서영 씨와 이야기를 해봤어."

"사업에 대해서?"

연아가 천서영과 이야기를 하면서 고민했을 것은 당연히 사업일 것이다.

카페를 크게 키우고 싶다.

전국적으로 키우고 싶다.

이 말은 바로 전국 체인으로 키우고 싶다는 말이다.

그런데 이건 본래 천 회장도 한번 시도하려고 했던 일이다.

다만 핵심 원두의 생산이 너무 적어서 결국 뒤로 미뤘지만 말이다.

"응. 막대한 자본이 드는 것은 나도 알고 있어. 하지만 서영 씨가 재미있는 아이디어를 냈는데, 그게 내 마음을 흔들어 버렸거든."

"......?"

천서영이 재중을 따라다니면서 사랑에 빠져 약간 어수룩한 모습을 보여주기는 했다.

하지만 그렇다고 머리가 나쁘냐?

절대로 그건 아니었다.

거기다 세상을 보는 눈이 낮은 것이냐?

그것도 아니었다.

어릴 때부터 조기교육을 철저하게 받은 천서영이다.

그런 그녀의 머리에서 나온 아이디어라면 절대로 허무맹랑하지는 않을 것이라는 게 재중의 판단이다.

그에 재중이 입가에 미소를 띠면서 흥미로운 듯 반응을 보였다.

그러자 연아도 조금 자신감이 생겼는지 천천히 계획한 이야기를 풀어놓았다.

"체인점을 내주긴 할 거야. 하지만 등급을 나눠서 체인점을 내는 거야. 그리고 등급도 철저하게 조사해서 무조건 우리가 허락한 곳에서만 장사를 하고 관리할 수 있는지를 검수하고서 말이야."

"그렇게 해서 이득을 얻는 게 있나?"

재중은 연아의 말을 듣고는 고개를 갸웃거렸다.

일반적으로 체인이라면 간판을 판다.

그건 그냥 통째로 파는 게 아니라 체인점이 내건 간판을 임대하는 형식이다.

거기다 재료도 모두 체인점이 납품하는 형식으로 철저하게 이득을 취하는 것이 바로 지금 체인점 사업의 기본적인 틀이었다.

간판도 비싸게 임대하고, 재료부터 모든 것을 자신들의 것을 써야만 장사할 수 있는 것.

이건 어떻게 보면 극단적으로 기업에 이득이 되는 불공정한 방법처럼 보일 수도 있었다.

하지만 여기에 최대 장점이 하나가 있는데, 그것은 바로 초보자도 카페를 운영할 수 있다는 것이다.

만약 회사를 다니다가 퇴직을 한 사람이 있다고 가정해보자.

그 사람은 평생 월급쟁이였다.

그리고 그의 나이는 이제 50대 후반일 것이다.

하지만 현재 한국의 평균 수명은 80~90세이다.

즉 퇴직을 했지만 앞으로 최소 30년에서 40년은 더 살아가야 한다는 것이다.

그럼 그가 선택할 수 있는 것이 무엇이 있을까 생각해 보면 방법은 하나이다.

바로 창업하는 것이다.

그런데 창업은 투자이고 도박이기도 했다.

실패하면 그날로 거지가 되고, 유지한다고 해도 월급쟁이보다 고달프고 힘든 생활의 연속일 것이다.

정말 운이 좋아서 대박을 친다고 해도 돈을 많이 벌긴 하지만 그건 정말 극소수에 불과할 만큼 확률이 낮은 것이 현실이기도 했다.

지금도 대기업에 취직해서 정년을 꿈꾸는 사람이 정말 많았다.

그리고 그들이 원하는 것은 정년에 퇴직하고 나서 늙은 몸으로 일하는 것보다 쉽고 편하게 돈 버는 법이다.

그럼 여기서 프랜차이즈 사업과 아무것도 모르지만 자본은 있는 사람이 만나면 어떻게 될까?

해답은 간단했다.

바로 사장이 되는 것이다.

처음으로 사업하는 사람에게는 최소한의 브랜드 가치가 있는 상표에 사람들의 인지도가 있기에 위험부담이 줄어드는 것은 당연했다.

그리고 기업으로서는 자신들의 독점을 그대로 적용하면서도 체인을 넓혀 기업을 키우는 데 이용할 수 있다.

이것이 서로의 이득이 맞물려서 성립되는 가장 보편적인 프랜차이즈 사업의 핵심 기둥이다.

그런데 지금 연아의 말을 들어보면 거기에 관리까지 들어간다는 것이다.

또한 본사의 모든 명령을 따라야 한다는 것이 포함되어 있다.

사실 자신의 전 재산을 쏟아부어서 창업을 했는데 다른 사람이 이래라저래라하는 것을 좋아하는 사람이 있겠는가?

당연히 없을 것이다.

억울하면 사장 하라는 말이 그냥 나온 게 아니다.

그만큼 오너가 되는 것이 꿈인 사람들이 창업을 하는데 본사에서 간섭한다면 그걸 좋아할 사람은 거의 없을 것이다.

하지만 연아는 왠지 실패할 것 같다는 생각은 조금도 하지 않는 듯 확신에 차 있는 눈빛이다.

"난 당장의 이득을 원하는 게 아니야. 천천히, 아주 천천히 단 한 곳이라도 체인점을 늘리고 싶어. 그래서 결국에는 전국에 카페를 만들고 싶은 거야."

확실히 어릴 때 양부모가 마켓을 운영하는 것을 보며 자란 연아답게 기회가 생기고 환경이 만들어지자 웅크렸던 꿈을 펼치기 시작한 것이다.

연아가 어릴 때부터 듣고 본 것이 바로 장사하는 것이었다.

이제 카페가 안정기에 들어서자 욕심이 생기는 것은 당연했다.

거기다 테라가 재중에게 전해준 말에 따르면 카페의 분점을 내달라고 제 발로 찾아오는 사람이 심심치 않게 있다는 것이다.

"그럼 뭘 도와줄까?"

하나뿐인 동생이 도와달라는데 오빠로서 거절할 이유가 없다.

당연히 재중이 한 번에 승낙하자, 연아가 재빨리 말했다.

"시우바 회장님과 오빠가 나에게 투자와 함께 커피 원료를 싸게 공급해 줬으면 해."

"……?"

재중은 연아의 말에 고개를 갸웃거렸다.

"그건 불가능하다는 걸 너도 알고 있지 않아? 난 이미 천 회장님과 계약을 한 상태야. 그리고 천 회장님은 시우바 회장님과 독점 거래를 한 상태이고. 그런데 내가 중간에 끼어드는 건 계약 위반이야."

연아도 그 계약 당시 같이 있었기에 당연히 알고 있을 거라 생각했기에 재중이 거절하자,

"알아, 나도. 하지만 말이야."

이미 재중이 그럴 줄 알고 있었다는 듯 눈동자가 반짝거리는 연아이다.

"만약 오빠와 천 회장님이 한 계약을 천서영 씨가 그대로 물려받고, 물려받은 천서영 씨가 나와 동업을 한다면?"

"……."

재중은 순간 아차했다.

그리고 캐롤라인이 재중이 있는 S대 영문과에 편입할 때 천산그룹에서 왜 그렇게 편의를 봐줬는지 충분히 이해가 되기도 했다.

재중만 모르고 있었다.

이미 시우바 회장과 천 회장이 서로 작정하고 꾸민 일이라는 걸 말이다.

처음부터 천 회장이 재중과 계약할 때 계약의 모든 것을 천서영에 넘겨줄 생각이었던 것은 재중도 알고 있었다.

하지만 시우바 회장이 중간에 끼어들었기에 어느 정도

안심하고 있던 참이었다.

그런데 설마 시우바 회장까지 천 회장과 작정했을 줄은 생각지 못했다.

시우바 회장은 천회장과 했던 퀸 오브 썬라이즈의 계약 조건을 살짝 바꾸는 선택을 한 것이다.

대신 천 회장은 계약을 바꿔주는 조건으로 캐롤라인이 재중의 곁에 가장 가까이 머물 수 있도록 실질적으로 눈에 보이는 도움을 준 것이고 말이다.

그리고 천 회장은 그 대신에 천서영과 연아를 묶어버렸다.

재중이 연아라면 끔찍이 아낀다는 것을 이미 잘 알고 있는 천 회장이다.

재중이 철벽이라는 것을 알고 있는 상황에 머리 좋게 연아 쪽으로 공략 상대를 살짝 돌린 것이다.

'아, 영감 둘이서 이번에는 제대로 머리를 썼는데?'

재중이 나직이 머릿속으로 한 방 먹었다는 듯 한마디 하자,

—음, 그래도 계약자는 마스터잖아요. 왜 마스터에게 아무런 언질이 없었던 거예요?

결과적으로 재중에게 피해가 되는 것은 아니지만, 은근히 기분이 묘해서 테라도 한마디 했다.

'내 실수다.'

—네?

'난 커피 원두를 공급하는 것만 계약했거든. 중간에 그게 누구로 바뀌든 상관없이 말이야.'

—어떻게 마스터께서 그런 실수를 하신 거예요?

'어차피 프랜차이즈 사업으로 크게 키울 거라면 누구라도 상관없이 원두를 납품하는 것이 내게 편했으니까. 하지만 설마 그게 이런 식으로 되돌아올 줄이야. 나 참.'

재중의 입장에서는 기분이 나쁘다기보다는 살짝 귀여운 반항 정도에 불과했다.

하지만 그 반항이 자신의 실수를 비집고 들어왔으니 그것이 뒷맛이 개운하지 않은 차를 마신 것 같은 느낌이다.

연아에게 무언가 해보고 싶다는 생각을 심어준 것은 재중으로서도 고맙긴 했다.

알래스카에서 한국으로 돌아온 뒤로 연아가 겉으로는 웃고 있지만 속으로는 고민하고 있다는 것을 재중은 알고 있었다.

하지만 재중은 전혀 내색하지도 않고 손을 내밀지도 않았다.

왜냐하면 자신의 고민은 결국 자신이 이겨내고 풀어야 진정으로 그 고민을 이겨낸 것이니 말이다.

거기다 그렇게 이겨내야만 다음에 비슷한 고민이나, 아니면 더 큰 고민이 생겨도 이겨낼 수 있는 자신감이 생긴다.

그 원리를 알기에 연아가 계속 고민하도록 내버려 둔 재중이다.

재중이 평소에 연아를 끔찍하게 아끼는 것을 생각하면 언뜻 쉽게 이해가 가지 않는 부분일 수도 있다.

하지만 재중으로서는 어쩔 수가 없었다.

재중은 다정하게 위로하는 법도, 누군가를 응원하는 법도 알지 못했으니 말이다.

그저 지켜보고 기다려 주는 것, 그것이 재중이 지금까지 살면서 배운 삶의 방식이었다.

그리고 그런 재중의 방식에는 연아를 믿는 마음도 포함이 되어 있었다.

“오빠와 난 남매이기도 하지만 사업 파트너가 되기도 해. 어때? 도와줄 수 있지?”

“알았다. 그런데 구체적으로 말해봐. 어떤 식으로 하겠다는 것인지는 나도 들을 권리가 있으니, 이제.”

재중이 포기한 듯 말하자 연아는 신나서 확 밝아진 표정으로 말하기 시작했다.

“우선 퀸 오브 썬라이즈는 당분간 우리 본점에서만 판매

할 계획이야."

"물량이 되면 그것도 체인으로 풀겠다는 거구만."

재중이 장사에 눈을 떠버린 연아의 모습에 슬쩍 한마디 하자,

"후후훗, 당장은 우리 본점에서 쓰는 양도 아슬아슬해서 여유가 없으니까 어쩔 수 없어."

그런데 연아의 말을 들어보면 뭔가 좀 어설프다.

사실 연아의 카페가 사람들에게 알음알음으로 유명한 이유가 바로 재중의 퀸 오브 썬라이즈 때문이니 말이다.

즉 퀸 오브 썬라이즈가 없이는 체인점을 해봐야 그냥 동네 흔한 카페와 다를 바 없었다.

그런데 연아와 천서영이 그걸 모를 리 없을 텐데 굳이 밀어붙이겠다는 것이 이상했다.

재중이 말은 하지 않았지만 의아함을 담아 지그시 연아를 쳐다봤다.

"알어, 알어. 이것만 보면 실패한 사업 계획이라는 것을 말이야. 이것만 보면 분점을 만들고 싶다고 찾아오는 사람들의 돈만 빼먹는 악덕 업주가 될 건 뻔하잖아?"

"맞아. 그리고 난 그걸 허락할 생각이 없고 말이야."

있는 사람들만 상대로 하는 거라면 재중도 그다지 말릴 생각은 없다.

어차피 그들도 누군가의 눈물과 가슴을 바탕으로 돈을 모았을 테니 말이다.

하지만 지금까지 연아가 재중에게 설명한 몇 가지 내용을 합쳐 보면 한 가지는 확실했다.

연아의 프랜차이즈 계획은 일반인을 대상으로 하는 것이 분명하다.

만약 돈이 있는 사람들을 상대로 프랜차이즈를 계획한다면 절대로 퀸 오브 썬라이즈를 제외하지 않았을 테니 말이다.

퀸 오브 썬라이즈의 가격이 괜히 한 잔에 몇십만 원씩 하는 것이 아니다.

희소가치가 너무나 크기 때문에 비싼 것이다.

그리고 퀸 오브 썬라이즈가 가진 자체 브랜드의 값어치도 있고 말이다.

그런데 그걸 제외한다면 무조건 서민들을 상대로 하는 카페인 것은 당연했다.

"알아. 나와 오빠가 어떻게 살아왔는데. 그건 나도 싫어. 그래서 생각한 것이 이거야. 체인점을 내면서 이름의 임대비와 커피 재료를 받는 것은 다른 곳과 똑같아. 하지만 또 하나 다른 것이 있어."

"다른 것?"

"바로 우리 쪽에서 직접 사람을 보내준다는 거야. 업주가 원하는 기간만큼 매니저든 직원이든 말이야."

"……."

재중은 연아의 말을 듣고서는 피식 웃었다.

사실상 그게 가능할까?

아니다.

세상에 어느 누가 카페에 매니저로 늙을 때까지 일하고 싶겠는가?

그들도 모두 자기 사업을 하기 위해 공부하는 단계로 생각하거나, 아니면 정말 돈이 필요해서 한다.

그 증거로 실제 국내 카페에 일하는 사람의 99%가 아르바이트생인 것만 봐도 확실하다.

그런데 연아는 여기서 진짜 핵심 카드는 재중에게 아직 꺼내지 않았다.

"역시 이걸로도 좀 부족하지?"

재중이 말은 없지만 그의 내심을 충분히 이해하는지 연아도 고개를 끄덕이면서 인정했다.

하지만 연아의 계획은 아직 끝난 게 아니었다.

"그런데 말이야, 오빠. 만약 내 카페에서 일하면서 정직원이 되는 순간 천산그룹의 정직원이 받는 혜택을 똑같이 받는다면 어떻게 될까?"

"……?"

재중은 연아의 불안한 사업 계획을 들으면서 그냥 한번 해보라는 식으로 말하려던 참이었다.

그런데 그 생각이 방금 연아의 말을 듣는 순간 싹 달아났다.

국내 굴지의 대기업인 천산그룹의 정직원과 같은 혜택을 받을 수 있는 카페 직원이라…….

이러면 이야기가 완전 달라질 수밖에 없다.

그냥 카페 직원과 천산그룹의 정직원과 같은 혜택을 받는 직원은 하늘과 땅 차이이다.

하지만 그러기 위해서는 필수적으로 선행해야 할 것이 있다.

재중이 추측하기로는 말이다.

"천서영 씨가 전면에 나서기로 했나 보네."

"어? 오빠, 어떻게 알았어?"

"그래야 사람들이 믿을 테니까. 그 어떤 광고나 선전보다 천서영이 한번 나와서 얼굴을 보여주면 그것만큼 확실한 게 없으니까."

"오~ 오빠, 역시 S대를 장학생으로 들어간 사람답네. 맞았어. 오빠가 예상한 대로 서영 씨가 전면에 나설 거야. 뭐 지분도 사실 서영 씨가 더 많긴 하지만……."

"……?"

재중은 연아가 지분에 관해서 살짝 실망하는 듯한 표정을 보고는 고개를 갸웃거렸다.

"왜 그러는데?"

"아, 아니야."

연아는 돈에 관해서는 재중에게 부탁하고 싶지 않았기에 말을 돌렸지만 재중이 그냥 둘 리가 없다.

"말해봐. 네 생각보다 돈이 좀 있으니까."

뭐 좀 있긴 했다. 39억 달러(3조 6,700억 원) 정도 말이다.

물론 연아는 커피 원두를 카페에 파는 것이 재중의 유일한 수입원이라고 알고 있다.

그렇기에 돈에 관해서는 굳이 이야기하지 않으려고 한 것이다.

"아니야."

그러면서 재중이 물러날 것 같지 않자 연아가 자리를 피하려고 일어서는데,

덥석.

재중이 연아의 손목을 잡아서 다시 자리에 억지로 앉혀 버렸다.

"말해봐. 네가 생각하는 것보다 훨씬 능력 되는 오빠니까."

"……."

연아는 아직 재중이 SY미디어의 대표라는 것도 모르고 있었다.

천서영이 말하지 않았으니 말이다.

그런데 재중은 자신이 말하지 않았다는 것도 잊어버리고 있었다.

뭐 굳이 숨기려고 한 것이 아니라 재중의 무신경함 때문이다.

"꼭 들어야 해?"

연아는 재중이 자신의 손목을 잡고 놓아주지 않자 재중을 보면서 말했다.

그런 연아를 향해 재중은 싱긋 웃어주었다.

상대방이 불안해한다면 웃는 모습만으로도 편안함을 주는 경우가 제법 있다.

물론 재중은 습관적으로 웃었지만 말이다.

"그게… 오빠는 알지 모르겠지만… 사업이라는 것이 돈이 많이 들잖아."

"알아, 그 정도는."

"그래서 자본은 서영 씨가 준비하고 그 외 사람 관리나 그런 건 내가 하기로 했어."

"쩝."

재중은 연아가 하는 말에 입안이 살짝 쓰게 느껴졌다.

자신의 무신경함 때문에 연아가 혼자서 속앓이 하면서 사업에 뛰어들었다는 느낌이 들었으니 말이다.

물론 연아가 하고 싶어서 하는 것은 분명했다.

하지만 현실적으로 사업은 필수적으로 자본이 필요한 일이다.

그리고 사업 규모가 크면 클수록 필요한 자본은 기하급수적으로 커진다.

하지만 당장 테라가 가지고 있는 통장을 보여주는 것은 오히려 연아에게 혼란을 줄 수도 있었다.

어느 정도 액수여야 연아가 쉽게 받아들일 텐데, 달러로만 무려 39억에 달하는 돈이다.

돈 많은 레오나르도 실바도 재중의 통장을 보고서 기가 질려 버릴 금액인 것이다.

하물며 실바가 그랬는데 평범하게 살아온 연아는 어떻겠는가?

아마 별의별 상상을 다 할 것이다.

"바보 같기는……."

재중은 자신의 눈치를 보면서 괜히 말했다는 표정을 짓고 있는 연아의 머리에 손을 올리고서,

후비적후비적!

머리카락을 마구 헝클어뜨렸다.

"아이~! 왜 이래, 갑자기?"

연아는 재중이 자신의 머리를 헝클어뜨릴 때는 뭔가 대견하거나 잘했다는 칭찬을 대신한다는 것을 알고 있었다.

그래서 기분이 나쁘진 않았지만, 왜 갑자기 그러는 건지 이유를 몰랐다.

자신이 칭찬받을 일을 한 적이 없다고 생각했기 때문이다.

그래서 연아는 재중의 손을 벗어나자마자 물었다.

"오빠, 왜 그래?"

"기특해서."

"뭐가?"

연아는 돈 이야기를 꺼냈는데 재중이 외려 기특하다고 하자 고개를 갸웃거렸다.

그러거나 말거나 재중은 연아가 보는 앞에서 휴대폰을 꺼내더니 어디론가 전화를 걸었다.

"접니다, 윤 이사님."

"……?"

연아는 갑자기 재중이 전화를 걸더니 처음 들어보는 호칭을 말하자 신기해 눈이 크게 떠졌다.

그러나 정말 신기한 것은 재중의 말투였다.

마치 사장이 직원에게 전화를 걸어서 대화하는 듯한 말투가 이상하게 들렸던 것이다.

"제가 투자를 좀 하려고 하는데, 내일 회의 소집 좀 해주세요."

ㅡ네? 아, 네, 대표님.

웬만해서는 재중이 전화를 먼저 걸어오는 법이 없기에 윤태형 이사는 재중의 전화에 잔뜩 긴장한 상태였다.

그런데 갑자기 투자를 할 테니 회의를 소집하라는 말에 더욱 얼떨떨해졌다.

윤태형 이사가 그러거나 말거나 재중은 전화를 끊고 연아를 보면서 말했다.

"내일 프레젠테이션 한번 잘해봐. 그럼 너를 뒤에서 밀어줄 든든한 투자자 한 명 나올지도 모르니까 말이야."

"투자자?"

그리고 재중은 더 설명하지 않고 자신의 방으로 들어가 버렸다.

물론 연아는 재중이 들어가고 난 뒤 한참이나 혼자 1층에 남아서 도대체 투자자가 누군지 궁금해했다.

하지만 그것도 잠시였다.

연아는 곧장 자신의 방으로 들어가더니 한참 동안 방에 불이 꺼지지 않았다.

이유는 모르지만 우선 기회가 왔으면 잡아야 한다는 것을 양부모에게서 배웠다.

그것이 몸에 익어버린 연아였다.

Chapter 12
연아의 투자자

“저기 그러니까, 천산그룹의 천서영 아가씨와 동업자 관계로 카페 프랜차이즈 사업을 하신다는 겁니까?”

다음 날 아침 일찍 재중이 연아를 데리고 SY미디어에 쳐들어왔다.

물론 재중이 미리 저녁에 연락을 해놓았으니 회의 준비는 끝난 상태다.

하지만 갑작스런 회의 소집에 다들 영문을 몰라 불안과 궁금증이 서로의 머릿속을 복잡하게 만들고 있었다.

그런데 막상 회의를 시작하자마자 연아의 프레젠테이션

이 시작된 것이다.

프레젠테이션을 다 들은 SY미디어 직원들은 고개를 끄덕이면서도 모두 생각에 잠긴 듯 쉽사리 입을 열지 않고 서로를 쳐다보기 바빴다.

"그럼 여기서 제가 나서야겠죠?"

연아는 발표가 끝나자 어디 갈 데도 없고 그렇다고 계속 서 있어도 질문하는 사람 한 명 없는 어정쩡한 상태였다.

어쩔 줄 몰라 하는 연아를 본 재중이 슬쩍 연아를 옆으로 밀어내고 앞으로 나섰다.

그러자 분위기가 확 달라졌다.

재중이 자리에 나타나자마자 사람들의 시선과 관심이 모두 재중에게 집중되었으니 그건 당연했다.

하지만 그걸 옆에서 지켜본 연아는 영문을 모르겠다는 표정이다.

도대체 베인티라는, 지금 인기가 한창 좋은 걸 그룹을 데리고 있는 SY미디어에서 재중이 어떤 존재이기에 저렇게 다들 긴장하는지 말이다.

"자, 그럼 의견을 듣고 싶습니다."

재중이 나직하게 한마디 하자 바로 윤태형 이사가 말문을 열었다.

"우선 제가 한 말씀 드리겠습니다."

"네, 듣겠습니다."

"우선 사업적으로 봤을 때 크게 성공할 수 있을지 없을지는 모르지만 이것 하나만큼은 저희 모두가 같은 생각입니다."

윤태형 이사의 표정을 보니 아마 지금 하는 말이 실질적으로 직원들의 결정이 모인 의견인 듯했다.

재중이 고개를 끄덕이자 윤태형 이사가 계속 말을 이었다.

"크게 대박 나거나, 아니면 그냥 평범하지만 무난하게 운영되거나 둘 중에 하나인 건 확실합니다."

본래 사업이라는 것이 크게 대박 나거나, 그냥 무난하게 운영되거나, 아니면 망하는 것 세 가지이다.

그런데 천서영과 천산그룹이 뒤에 있기 때문에 SY미디어 직원들도 망하는 것은 아예 머릿속에서 지워 버린 듯했다.

그런데 그런 윤태형 이사의 말에 재중이 입가에 미소를 그렸다.

씨익~

"…왜 그러십니까, 대표님?"

"만약에 천산그룹이 뒤에 없다면 지금의 사업 발표는 어떤 결과가 나오죠?"

돌발적인 재중의 질문에 윤태형 이사가 살짝 당황하자, 재중은 재미있다는 듯 웃었다.

재중으로서는 그저 천산그룹이 없다면 어떤 생각을 할까 하는 궁금증에 물어본 것이다.

그저 장난 같은 질문이었다.

하지만 그 질문을 받은 윤태형 이사는 잔뜩 긴장할 수밖에 없었다.

럭비공처럼 어디로 튈지 모르고 그 정체도 모른다.

그렇지만 재중이 막강한 자본력을 가진 사람이라는 것은 확실했으니 조심스러운 것은 당연했다.

"그렇다고 해도 크게 달라지는 것은 없습니다."

"그래요?"

재중은 뭔가 다른 말을 할 줄 알았는데 윤태형 이사의 입에서 비슷하다는 말이 나오자 흥미로운 듯 쳐다보았다.

재중의 시선을 느낀 듯 슬쩍 이마에 땀을 닦는 윤태형 이사이다.

"우선 사업이라는 것이 본래 도박성이 강합니다. 다만 그 도박의 성공률을 높이는 것이 흔히들 아는 프랜차이즈 사업입니다. 그리고 그중에서 카페라면 확실히 다른 것에 비해서 조건도 까다롭지 않아서 여유로운 편입니다. 사람들이 카페를 차리려고 하는 이유도 이미지가 깨끗하고 좋으면서도 그다지 힘들지 않는 사업이기 때문이니까요."

"그렇군요."

재중이 살짝 맞장구를 쳐주자 윤태형 이사의 표정이 조금씩 밝아지기 시작했다.

"하지만 결국 결과는 같습니다. 크게 대박 나거나, 아니면 유지하거나, 그리고 마지막으로 망하거나 말입니다. 그렇기에 천산그룹이 있든 없든 다른 것은 없습니다만, 그것은 투자자가 필요한 사업가의 입장입니다."

"오호, 그래요?"

"네. 저희는 돈을 투자하는 입장입니다. 즉 천산그룹이 없다면 이 투자는 불가하다는 게 제 판단입니다."

씨익~

재중은 다른 건 몰라도 아부나 떨면서 사람 뒤에서 엉덩이나 비비는 그런 간사한 사람을 옆에 두지 않았다는 것에 만족했다.

재중이 자연스레 웃음을 지었다.

재중이 직접 데리고 온 사람이다.

눈치 빠른 사람이라면 당연히 방금 말에 무조건 성공이니 투자해야 한다고 말장난을 쳤을 것이 분명하다.

그러나 윤태형 이사는 그런 사람이 아니었다.

최소한 자신의 자존심과 양심을 걸고 사업을 하는 사람

이었다.

뭐 그것이 마음에 들어서 재중도 그에게 모든 것을 맡기고 학교 다니면서 놀고 있지만 말이다.

"사실 천산그룹이 뒤에 없다고 해도 어차피 투자는 할 생각이었습니다, 윤 이사님."

"네? 그게… 어째서입니까?"

윤태형은 지금까지 재중이 자신의 의견을 듣고 이렇게 정면에서 반박한 적이 없기에 조금 놀란 표정으로 물어보았다.

"제 여동생이 사업을 한다는데 도와주지 못하면 그건 오빠로서 실격 아닌가요?"

"헙!!"

"……!!"

"허억! 대표님의… 여동생?"

재중의 말이 끝나자마자 회의실에 있는 모든 사람이 순간 얼어버린 듯 움직임이 멈추었다.

당연히 연아도 놀라서 멍하니 재중을 쳐다보고 있다.

"대, 대표님의 여동생이라면… 친동생이십니까, 저분께서?"

재중의 여동생이라는 사실이 밝혀지자마자 윤태형 이사의 연아를 향한 말투가 단번에 바뀌어 버렸다.

다른 사람들도 마찬가지지만 말이다.

하지만 정작 가장 놀란 사람은 바로 연아였다.

"오빠, 잠시 나랑 이야기 좀 해."

연아는 지금 무척 혼란스럽지만 지금 당장 무엇을 해야 하는지는 본능적으로 알고 있었다.

연아가 재중의 팔을 잡고는 회의실을 나왔다.

SY미디어의 직원들은 모두 잠시 멍하니 있다가 뒤늦게 정신이 든 듯 모두가 자리에서 벌떡 일어섰다.

"당장 저분의 자료를 모아. 대표님의 친동생이다. 실례하지 않도록 하고."

"네."

SY미디어는 갑작스럽게 나타난 재중의 여동생으로 인해 순식간에 아수라장이 되었다.

하지만 윤태형 이사가 정리를 하자 곧 평소의 모습을 돌아오긴 했다.

다만 다들 얼굴이 붉어진 채 긴장한 모습은 역력했다.

"오빠, 이게 어떻게 된 일이야?"

반면 재중은 연아와 함께 녹음실로 쓰고 있는 방에 들어와 있었다.

일부러 들어온 것이 아니라 연아가 무작정 끌고 가는 대로 따라오다 보니 이렇게 된 것이다.

어쩌다 보니 최적의 장소를 찾은 셈이다.

누군가 녹음실 문을 열기 전까지는 밖에서 지금 재중과 연아의 대화를 들을 사람은 없으니 말이다.

"어떻게 되긴. 내가 SY미디어 대표이고, 대표인 내가 너에게 투자하겠다는 건데."

"오빠가 여기 CEO였어?"

"응."

"……."

기가 막힌 연아는 재중을 한참을 쳐다보다가 스스로를 진정시키려는 듯 조용히 말하기 시작했다.

"어떻게? 천 회장님이 주신 거야?"

"아니."

"그럼?"

"샀지."

"무슨 돈으로?"

재중은 그제야 기다렸다는 듯 테라가 넘겨준 통장을 연아에게 보여주었다.

"뭐야, 이건? 여기는……?"

연아도 아는 은행이다.

알래스카도 미국 땅이었으니 말이다.

그리고 재중이 넘겨준 통장을 받아서 넘기는 순간,

멈칫!

잠시 동안 정지 화면처럼 연아의 눈동자가 통장에서 떨어질 줄을 몰랐다.

그리고 정확하게 30초 뒤,

털썩!

연아는 그대로 기절해 버렸다.

"역시… 보여주지 말 걸 그랬나?"

재중은 연아가 놀랄 것이라고는 생각했지만 기절할 줄은 몰랐기에 살짝 당황했다.

하지만 드래곤 특유의 냉정함 때문인지 아니면 본래의 무신경한 성격 때문인지 그 한마디 한 것이 끝이었다.

물론 기절한 연아의 몸에 마나를 살짝 흘려보내 다시 정신을 차리게 했지만 말이다.

"39억 달러? 이게 말이 되는 액수야?"

연아는 깨어나자마자 다시 통장을 들이밀면서 재중을 추궁하기 시작했다.

재중의 나이 이제 서른네 살이다.

아니, 세상에 서른넷의 나이에 무슨 짓을 했기에 39억 달러나 벌었단 말인가?

그리고 그 돈이 있으면서도 아직 자가용 한 대도 없이 학교까지 걸어 다니는 재중의 평소 행동도 도무지 이해가 가지 않았다.

재중이 옷을 산 적도 없었으니 말이다.

"왜 안 된다고 생각해? 여기 있는데."

"아니… 오빠가… 킹크랩 잡이를 했다고 해도 믿지 못할 거야."

세계에서 가장 위험한 직업이자 몇 달 만에 대기업 부장급 연봉은 기본으로 번다는 킹크랩 잡이도 이렇게 벌지는 못한다.

만약 이렇게 번다면 벌써 킹크랩은 멸종했을 것이다.

"그거 잡으면 이 정도 벌어?"

"……."

재중의 정말 모른다는 듯한 질문에 연아는 잠시 할 말을 잃었다.

멍하니 재중을 쳐다보던 연아가 조용히 통장을 돌려주었다.

그리고는 재중을 똑바로 보더니 말했다.

"사실대로 말해줘. 난 오빠가 무슨 짓을 했다고 해도 다 받아들일 수 있어. 왜냐하면 가족이니까. 알지? 그러니까 사실대로 말해줘. 어떻게 번 돈이야?"

뭔가 엄청난 범죄를 저지른 사람을 대하는 듯한 연아의 표정과 각오에 재중은 피식 웃었다.

그리고 천천히 이야기를 하기 시작했다.

테라가 시우바 회장에게서 돈을 빌려서 그걸 자본으로 무차별 투자를 해서 벌어들였다고 말이다.

"허허허, 허허허."

하지만 연아는 그 말을 듣고서도 기가 막히는 건 똑같았다.

"진실이야."

재중이 나직하게 힘을 주어 말하자 연아는 잠시 잃었던 정신을 되찾은 듯 재중을 똑바로 보면서 말했다.

"어떻게 그 많은 돈을 빌려줄 수 있는 거야? 그것도 선뜻?"

1억 달러이다.

테라가 시우바 회장에게 빌린 돈이 말이다.

사실은 시우바 회장의 목숨 값이라고 말해봐야 믿지 않을 것이기에 우선 빌렸다고 둘러댄 것이다.

이미 갚았다고 하면 그만이니 말이다.

"퀸 오브 썬라이즈."

재중의 대답을 들은 연아는 순간 움찔거렸다.

시우바 회장이 대단한 커피 마니아라는 것은 이미 알고

있다.

하지만 연아는 그래도 너무 과한 액수라고 느끼고 있고, 그건 너무나 당연했다.

그런데 재중은 그런 연아를 보면서 조용히 말했다.

"퀸 오브 썬라이즈의 또 다른 블랜딩 레시피라면?"

"헉! 설마 있는 거야?"

이미 퀸 오브 썬라이즈를 재중이 만들어 팔고 있는 상황이다.

그렇기에 연아는 재중의 말을 곧이곧대로 믿을 수밖에 없었다.

더구나 지금 재중의 통장에 들어 있는 액수가 그런 믿음에 힘을 실어주고 있었다.

물론 퀸 오브 썬라이즈의 또 다른 블랜딩 레시피는 아직 없는 상태다.

하지만 주변의 상황이 재중의 거짓말에 진실이라는 가면을 만들어주기에 너무나 최적이었다.

"……."

재중이 조금 거짓말을 하긴 했지만, 그것을 기회로 확실히 연아에게 자신의 돈에 대해서는 각인시켰다는 것을 생각하면 오히려 쉽게 풀린 셈이다.

쓰윽쓰윽.

"아이참, 나 어린애 아니라니까."

재중이 말이 없어진 연아의 머리를 마구 헝클어뜨리자 연아의 멍하던 표정이 다시 정상으로 돌아오긴 했다.

물론 아직 충격이 남아 있긴 했지만 눈동자는 재중의 손짓 한 번에 평상시의 모습으로 돌아왔으니 말이다.

"하지만 이건 오빠 돈이잖아."

연아가 재중의 돈을 받는 것을 꺼리자 재중은 이번에는 조금 화가 난 듯한 표정으로 연아를 바라봤다.

"내가 왜 이 돈을 모았을 거라고 생각해?"

"그야… 그야… 잘 먹고 잘살려고……."

재중의 말에 뭐라고 대답하려다가 막상 마땅히 생각나는 것이 없자 그저 막연히 대답한 연아였다.

딱히 틀린 말도 아니었다.

궁극적인 목적을 크게 이야기했을 뿐이다.

"맞아. 그리고 그 잘 먹고 잘사는 내 목표에 너도 당연히 포함되어 있다는 건 알고 있지?"

"오빠……."

주르륵.

연아는 재중의 말에 눈물을 흘리기 시작했다.

자신을 먼저 찾아와 준 것도 재중이다.

거기다 자신에게 힘들 때 같이 살자고 손을 내밀어준 것도 재중이다.

그리고 지금 자신에게 정말 돈이 필요할 때 또다시 재중은 연아의 손에 필요한 돈을 쥐어주었다.

"난… 해준 게 아무것도 없는데… 난 아무것도… 아무것도……."

감정이 북받쳐서일까, 아니면 정말 미안해서일까.

확실한 건 연아만 알겠지만 우는 이유는 후자일 가능성이 높다는 건 굳이 말하지 않아도 충분히 알 수 있는 상황이다.

"잘살면 돼. 그저 네가 잘살면……. 내가 원하는 건 그거 하나뿐이니까."

재중이 우는 연아를 달래면서 살며시 안아주었다.

그러자 그칠 줄 알았던 연아의 울음이 오히려 더욱 진하고 길어져 버렸다.

결국 연아도 사람이다 보니 울다 지쳐서 재중이 지치는 것보다 먼저 눈물을 그쳤지만 말이다.

그리고 연아가 한참 뒤 녹음실을 나왔을 때는 완전히 달라진 풍경이 그려져 있었다.

이미 윤태형 이사가 나서서 미리 준비한 듯했다.

컨설팅 전문가부터 시작해 그가 알고 있는 모든 인맥을 총동원해 연아의 사업이 절대로 실패할 수 없도록 만들려고 노력한 흔적들이 펼쳐져 있었다.

하루 만에 세상에 달라질 수 있을까 하고 누군가 묻는다면 아마 연아는 이렇게 말할 것이다.

"하루 만에 세상이 달라질 수도 있구나."

라고 말이다.

연아에게는 실제로 그러한 하루였다.

Chapter 13
아미산으로

"생각보다 큰데?"

재중이 눈앞에 보이는 높고 커다란 산을 보면서 작게 중얼거리자,

쑤욱~

테라가 조용히 재중의 그림자에서 튀어나왔다.

—마스터, 백두산 아시죠?

"응, 알지."

—백두산보다 높은 산이에요. 아미산은요.

현재 재중이 있는 곳은 중국이다.

그것도 아미파의 근거지이며 발상지로 알려진 아미산이 한눈에 다 보이는 곳 말이다.

—그런데 정말 그 방법대로 하시려구요?

그런데 막상 아미산이 내려다보이는 곳까지 온 마당에 테라가 영 내키지 않는다는 표정으로 재중에게 물었다.

"그럼 달리 최소 일주일, 상황에 따라 열흘까지 아미파가 정신을 차리지 못하게 해야 하는데 그게 쉬울 리가 없지 않아?"

—그거야 그렇지만, 차라리 그냥 제가 미티어 샤워를 한 번 떨어뜨리는 게…….

"마법은 금지."

—하지만 그게 가장 빠르고 확실한데요.

무엇 때문에 지금 테라는 이토록 불만이 가득한 표정으로 재중이 하려는 것을 끝까지 말리는 것일까?

그것도 아주 노골적이고 심하게 불만이 가득한 표정으로 말이다.

그건 간단했다.

지금 재중이 아미파에 들어가서 일주일 넘게 하려고 하는 행동 때문에 이러는 것이다.

"그러다 크레이언 울드 세이라가 나타나면 더 복잡해질 수도 있어. 아미파 잡으려다 중국 대륙이 지구에서 사라질 수도 있으니까."

―네, 알았어요.

테라는 재중의 말에 결국 고개를 떨구면서 대답했지만, 여전히 불만스런 표정이다.

사실 본래라면 재중이 이렇게 여유있게 중국에 올 시간이 없었을 것이다.

하지만 연아가 카페 프랜차이즈 사업을 시작한다고 하면서 일을 벌였다.

그리고 그 과정에서 재중의 재산이 드러나자 상황이 완전히 급변해 버렸다.

자본 대 노동력 계약이 평등하게 5:5로 바뀌어 버린 것은 당연했다.

거기다 재중이 SY미디어를 통해 연아의 사업에 쓰라고 준 돈의 액수가 장난이 아니었다.

"오빠, 이건 너무 많지 않아? 5억 달러라니……."

말이 5억 달러지, 한화로 계산하면 무려 5,280억이라는 엄청난 자금이다.

처음에 윤태형 이사도 재중이 연아 투자에 쓰라고 준 돈을 보고 자신이 잘못 본 게 아닌가 싶어서 몇 번이고 확인하고 또 확인했었다.

하지만 몇 번을 다시 봐도 역시나 5억 달러였다.

윤태형 이사는 잠시 허탈한 표정으로 담배를 꺼내고는 SY미디어 직원들이 이용하는 옥상 흡연 장소로 향했다고 한다.

하지만 역시 돈은 사람을 불러 모으는 힘이 있었다.

재중의 엄청난 자금이 들어오자 연아의 사업은 완전 환골탈태 수준으로 새롭게 바뀌었다.

기존에 갖고 있던 천서영의 아이디어에 전문적으로 이런 쪽으로 컨설팅해 주는 전문가가 무려 네 명이나 붙어서 준비를 도와주게 된 것이다.

그러자 재중은 뜻하지 않게 자유로운 시간이 생기게 되었다.

캐롤라인도 천서영이 연아와 함께 사업을 한다는 것을 눈치채고는 자신도 연아와 친해지고 싶다는 욕심이 들은 듯했다.

캐롤라인도 어느 순간부터 그쪽에 있는 시간이 많아지고 있었다.

"기회는 지금이군."

재중은 지금이 기회라는 생각이 들었다.

그래서 연아에게 자금 때문에 미국에 간다고 말하고는 이렇게 중국에 와 있는 것이다.

—마스터, 차라리 깡통을 보내는 게 어때요?

"그건 안타깝지만 안 돼. 흑기병 녀석은 우직하니 좋지만 임기응변의 센스에는 그다지 믿음이 가지 않으니까 말이야."

―아, 그렇지. 그 깡통은… 머리가 돌이지.

재중이 아미파로 간다는 것이 싫어서 말을 꺼낸 테라는 순간 아차하는 표정이다.

―하지만 마스터께서 아미파에서 농성을 하신다니요? 그건 말도 안 되는 일이에요.

"왜 그게 말이 안 돼?"

―마스터의 얼굴이 알려지게 되잖아요.

씨익~

재중은 테라의 말에 말없이 씨익 웃더니,

촤라라라락!! 촤라라라락!!

순식간에 재중의 머리카락부터 발끝까지 전부 오리하르콘으로 뒤덮여 버렸다.

테라는 이미 대륙에서 드래고니안을 상대로 자주 본 모습이기에 놀라진 않았다.

하지만 재중이 이런 해결책을 내놓을 줄은 몰랐기에 순간 말을 잃어버렸다.

―설마… 전투 모드로 아미파에 쳐들어가시겠다는 거예요?

"아니."

—네?

갑자기 재중이 조금 전에 자신에게 한 말과 다른 대답을 하자 테라는 순간 당황했다.

"장문인만 잡고 있을 거야."

—헉!! 설마… 장문인을 인질로 해서 시간을 때우실 생각이세요?

"응. 죽이면 다른 사람들이 바로 장문인 자리를 차지하면 간단하잖아. 죽이지 않고 내가 데리고 있으면 혼란스럽겠지. 그것도 아주 많이 말이야."

—그야 그렇긴 한데…….

테라는 무작정 재중이 아미파로 가서 농성을 하겠다고 했기에 극구 반대했던 것이다.

재중의 성격상 중국 내에서 아미파가 사라질 수도 있는 위험이 있었다. 그것이 싫기도 했다.

그러나 그것보다 이상하게 재중이 아미파에 가는 것 자체가 싫은 테라였다.

테라도 여자라서일까?

여자가 많고 검후가 많이 태어나기로 유명한 아미파가 막연히 싫었던 것이다.

"그럼 장문인 얼굴이나 알려줘."

—네.

재중이 이미 결정을 내린 듯했기에 테라도 더는 어쩔 수 없었다.

별수 없이 테라가 마법으로 이미지를 띄워 재중에게 보여줬다.

"응? 비구니가 아니네?"

—네. 아무래도 아미파가 세력을 키우고 대외적으로 사람들을 자주 만나야 하는 자리에 장문인이 나서는 경우가 많은데 비구니의 모습으로 가는 것은 상대에게 좋은 인상만큼 부담감도 줄 수 있다는 판단에 전대 장문인부터 삭발을 하지 않는다고 해요.

"음, 뭐 나야 상관없지."

어차피 재중에게 지금 아미파의 장문인이 누구인지는 그다지 중요하지 않았다.

그저 아이린이 삼합회에서 정보를 관리하는 곳을 장악하는 동안 시간만 벌어주면 되니 말이다.

그리고 조용히 테라의 눈앞에서 사라진 재중이다.

하지만 재중이 사라진 뒤에도 테라는 잠시 아미파의 장문인 얼굴을 보면서 투덜거렸다.

—도대체 왜 이리 예쁜 거야. 젊고.

그냥 막연히 젊고 예쁜 아미파의 장문인이 마음에 들지

않는 테라였다.

“천하 명산이라……. 딱히 틀린 말은 아니긴 한데 맞는 말도 아니지.”

재중은 이제는 광광지가 되어버린 아미산으로 들어가는 일주문의 커다란 현판에 쓰인 글자를 읽으면서 나직이 중얼거렸다.

확실히 천하 명산이라고 쓰인 글귀가 멋졌다.

하지만 아미산이 천하 명산이라고 할 만큼 멋지기도 하지만, 결국 그건 개인적인 차이가 있을 수밖에 없다.

재중이 맞는 말도, 그렇다고 틀린 말도 아닌 말을 보면서 지나치듯 중얼거리고는 그림자 사이를 통해서 이동을 시작했다.

그런데 그 속도가 너무나 빨랐다.

케이블카를 타고 아미산 정상까지 올라가는 사람들보다 그 더 빠를 정도였다.

“금정과 은정이라…….”

밤을 새워서라도 뜨는 해를 보려는 것인지 아미산 정상에 있는 금정과 은정에는 이미 쉼 없이 사람들이 오가고 있었다.

“그것 참 간단하면서도 직관적이긴 하네. 금정과 은정

이라…….”

재중은 금색으로 된 건물이 금정이고 은색으로 된 건물이 은정이라는 것을 누가 가르쳐 주지 않아도 단번에 알 수 있었다.

건물 전체가 도금을 한 듯 어둠 속의 작은 빛에도 금색으로 빛나고 있었으니 말이다.

그리고 금정 조금 아래쪽에 은정이 있는데 은정의 상황도 비슷했다.

“여기가 아닌가?”

재중은 당연히 아미산 정상에 아미파의 근거지인 복호사가 있을 것으로 생각했다.

그래서 우선 정상까지 올라온 건데, 막상 와보니 정상에 있는 금정과 은정은 완전 관광지였다.

“내려가야 되는 건가?”

완전히 관광지로 탈바꿈한 아미산 정상의 금정, 은정의 모습에 재중이 고개를 돌려 내려가려고 몸을 돌리는 순간이었다.

찌릿!

재중은 본능을 찌르는 듯한 살기를 느꼈다.

씨익~

“제대로 찾아왔군그래.”

살기가 느껴지는 방향을 보자 그제야 운무에 가려지고 사람들의 인파에 어지럽던 재중의 감각이 집중되었다.

그러면서 재중은 뒤쪽에 복호사로 가는 길을 볼 수가 있었다.

하지만 재중이 그곳으로 가기 위해 한 걸음 옮기는 순간,

찌릿!

다시 재중의 몸이 민감하게 살기에 반응했다.

그리고 재중이 있는 곳을 향해 빠르게 다가오는 네 명의 인기척이 감각에 걸려들었다.

"후후훗, 그쪽에서 그렇게 나온다면 나도 뭔가 보답을 해야겠지?"

완전히 관광지로 변한 아미산의 금정과 은정, 그리고 입장료만 내면 들어갈 수 있는 복호사다.

겉으로 보기에는 그저 옛 불교문화를 고스란히 간직한 오래된 절로 보였다.

하지만 재중이 굳이 이곳을 먼저 찾아온 것은 바로 복호사이기 때문이다.

중국인들의 뿌리에 대한 긍지는 타의 추종을 불허할 만큼 맹목적인 편이다.

겉으로만 보면 뿌리에 대한 긍지를 가진 민족은 한국도 있고 일본도 있다.

도교를 받아들이고 불교를 믿는 한국과 일본이다.

아무래도 그것을 다 중국으로부터 받아들이다 보니 기본적으로는 한국과 일본도 크게 다르진 않지만, 그 질과 집착만 놓고 중국과 비교해 보면 어린애 수준이다.

그런데 그런 중국의 아미파가 자신의 근원인 복호사를 관광지로 어느 정도 개방한 것이다.

그것은 지금 현실 때문이니 어쩔 수 없다고도 할 수 있다.

하지만 그렇다고 그냥 버려둘까?

아니, 그건 절대로 있을 수 없는 일이었다.

아미파에게 복호사가 누군가에게 상처를 입는다는 것은 바로 아미파 전체가 상처를 입는 것이나 마찬가지였으니 말이다.

그렇기에 관광객들이 오가는 지금도 오래전부터 복호사를 지키는 이들이 존재해 자리를 지키고 있는 것이다.

그것도 재중의 예상대로 제법 강한 녀석들로 말이다.

"하지만 이곳은 무엇을 하는 장소로는 별로지."

아미산은 워낙 높다 보니 등산로나 일부러 만들어놓은 길이 아닌 곳이 많았다.

그런 곳은 한번 발을 잘못 디뎌서 실족이라도 하는 날에는 죽은 목숨이다.

당연히 재중은 그곳으로 몸을 돌렸다.

이곳에서 녀석들을 죽여 봐야 결국 다른 녀석들이 또다시 몰려올 것이다.

그러다 그들이 계속해서 재중의 손에 죽는다면 장문인은 어디론가 숨어버릴 수도 있었다.

탁!

재중은 일부러 자신의 흔적을 남겨 따라오라는 듯 어둠이 아닌 순수한 힘으로 가볍게 바닥을 찼다.

그 순간 재중의 몸은 나무가 가득한 곳으로 미끄러지듯 빠르게 사라져 버렸다.

턱턱!!

그리고 몇 초 후, 재중이 사라진 곳에 네 명의 인영이 모습을 드러냈다.

세 명의 남자와 한 명의 여자로 의외로 복면도 하지 않은 모습이다.

거기다 아미파의 고수들이라면 막연히 입고 있을 것이라고 생각한 무복도 아니고 요즘 흔히 보는 편한 운동복 옷차림이다.

다만 그들의 손에 검이 들려 있다는 것만 빼면 어디서나 쉽게 볼 수 있는 그저 그런 젊은이들로 보였다.

그러나 그들의 눈동자에서는 살기가 번뜩이고 있었다.

마치 먹이를 찾아 움직이는 맹수처럼 말이다.

"저쪽이다."

가장 키가 큰 남자가 정확하게 재중이 사라진 방향을 가리켰다.

그가 먼저 움직이자 뒤이어 나머지 두 명도 따라 움직였다.

"사형들."

유일하게 혼자인 여자가 먼저 앞서가는 남자들을 간발의 차이로 타이밍을 놓쳐 뒤따르지 못했다.

그런데 설마 그것이 자신의 목숨을 구하게 될 줄은 그때 그녀는 꿈에도 모르고 있었다.

"헉헉! 어디 갔지, 사형들은?"

뚜렷한 주기가 있는 것은 아니지만 중국 내 수많은 아미파의 무술관 중에 가장 독보적인 성도 아미 무술관과 아미 비룡 무술관 두 곳에서 몇 년 단위로 최고의 인재들만 뽑아 이곳 복호사를 은밀히 지키기 위해서 보내고 있다.

그리고 지금 방금 바람같이 사라져 버린 남자 세 명을 놓친 여자가 성도 아미 무술관 출신이고 다른 남자 셋은 아미 비룡 무술관 출신이다.

그들이 이곳에서 같이 지낸 것도 벌써 3년째다.

3년이란 게 처음의 서먹함과 은연중에 보이던 무술관끼리의 알력도 무의미해지기 충분한 시간이었는지 지금은 서로 사형과 사제로 부르면서 지내고 있었다.

그런데 갑작스럽게 누군가의 침입이 발견된 것이다.

복호사를 지키기 위해서 삼합회에서 비밀리에 전해준 부적이 있다.

그것은 아미파에 적의가 있는 자가 복호사 근처에 오면 저절로 불타면서 경고를 해준다.

그런데 오늘 재중이 금정과 은정에 모습을 드러내는 순간, 정확하게 그 부적이 시뻘건 불길을 피워 올리면서 흔적도 없이 타버렸다.

그러자 누가 먼저랄 것도 없이 복호사를 은밀히 지키고 있던 네 사람이 빠르게 움직였다.

"어디까지 간 거지, 사형들이?"

그런데 이상했다.

타이밍을 놓쳤다고 해도 1초 남짓의 시간인데 이렇게 사형들의 흔적을 찾을 수가 없다는 것이 말이다.

"다시 돌아간 건가?"

날다람쥐처럼, 때로는 원숭이처럼 나무와 바위 위를 살짝 밟는 것만으로도 빠르게 이동하던 여자가 결국 사형들을 찾는 것을 포기한 듯 작은 바위 위에 멈춰 섰다.

그런데 그때,

"이미 이 세상에 없는 녀석들을 찾을 필요는 없지."

챙!!

순간 반사 신경은 절대로 아니었다.

이건 수년간 훈련 받은 것이 분명했다.

재중의 목소리가 여자의 귓가에 들리는 순간, 여자는 일체의 망설임도 없이 검을 뽑아 정확하게 재중의 목소리가 들린 방향으로 휘둘렀다.

아래에서 위로 마치 춤을 추듯 부드럽고 자연스러운 검술이었다.

하지만 그 아름다운 춤이 마지막까지 가지 못하고 재중의 손가락에 잡혔다.

그 순간 여자의 검은 멈췄고, 여자의 춤도 멈춰 버렸다.

"누구냐!!"

여자는 재중의 손에 검이 잡히자 미련없이 검의 손잡이를 놓아버렸다.

그리고는 빠르게 뒤로 물러서면서 품에 손을 넣더니,

철컥!

소음기가 달린 작은 권총을 꺼내는 것이 아닌가?

"삼합회 구성원 중 하나라더니 이제는 검을 버리고 총을 드는 아미파라……."

재중은 총을 꺼낸 여자의 행동에 한숨을 쉬었다.

그리고 총구가 자신에게 겨눠지는 순간, 재중이 사라져 버렸다.

“헛!”

놀란 여자가 사라진 재중의 모습을 찾기 위해 고개를 돌렸다.

그 순간,

퍼걱!!

홀연히 나타난 재중이 정확하게 여자의 턱을 때려서 뇌를 흔들었다.

퍼걱!

그리고 권총을 쥐고 있는 손목을 쳐서 손목뼈를 완전히 부숴 버렸다.

마지막으로 손을 뻗어 쓰러지는 여자의 목을 움켜잡은 재중이다.

정말 찰나의 순간에 여자를 완전 제압한 것이다.

재중은 그녀의 몸속에 나노 오리하르콘을 풀어서 단전을 봉쇄해 버렸다.

뿐만 아니라, 몸의 기가 흐르는 혈맥까지 교묘하게 막아 버렸다.

한마디로 조금 전까지 절벽과 나무를 날다람쥐처럼 뛰어

다니던 여자가 한순간 평범한 여자가 되어버린 것이다.

재중의 손에 의해서 말이다.

"내가 한 가지 묻고 싶은 게 있는데 말이야."

"쿨럭쿨럭!! 네놈이… 이러고도 무사할 줄… 쿨럭!"

여자가 재중의 심기를 건드리자 재중이 살짝 목을 쥐고 있는 손가락에 힘을 주었다.

이미 재중의 손가락이 그녀의 뒷목 척추를 누르고 있던 탓인지 겨우 종이 한 장 정도의 두께로 재중의 손가락이 그녀의 척추를 압박했다.

하지만 그 대가는 지독했다.

부르르르!

마치 경련이 일어나듯 여자의 몸이 제멋대로 떨리기 시작하더니 급기야 축 늘어져 버린 것이다.

그런데 그런 모습을 본 재중은 아무런 변화가 없는 표정이다.

"어차피 말만 할 수 있으면 되니까."

그렇다.

방금 재중이 여자의 목을 압박하는 순간 재중의 의지를 읽은 나노 오리하르콘이 여자의 척추에 침투, 모든 신경을 끊어버린 것이다.

재중의 나노 오리하르콘이 아니라면 절대로 회복은커녕

이제 죽는 순간까지 누군가가 밥을 떠먹여 줘야 할 것이다.

"다시 한 번 묻겠다. 장문인은 어디 있지?"

"쿨럭쿨럭!"

피가 섞인 기침을 하던 여자는 재중의 질문에 미친 듯 노려보더니 겨우 입을 열었다.

"웃기고 있네. 아미파에서… 너를… 죽일 것이다. 너를."

훗~

재중은 자신을 저주하는 여자를 보고 입가에 작은 미소를 그리더니 그대로 잡고 있던 목을 꺾어버렸다.

우두둑!!

그리고는 그냥 그대로 구름 속으로 집어 던져 버렸다.

구름에 가려져 있어서 확인할 수는 없지만 그곳은 분명 절벽이었다.

그것도 밑이 잘 보이지도 않을 만큼 깊은 절벽 말이다.

하지만 여자는 외롭진 않을 것이다.

이미 그곳에는 그녀가 그토록 찾던 세 명의 사형이 가 있어 그녀의 방문을 기쁘게 반겨줄 테니 말이다.

반면 재중은 작전을 바꿔야 될지 고민이 들었다.

일부러 굳이 기척에 흔적까지 남겨서 네 명이나 유인했는데 하나같이 아는 것도 없고 깡다구만 가득한 녀석들이었던 것이다.

모처럼 시도한 방법에 아무런 소득이 없자 재중은 잠시 생각에 잠겼다.

"다른 방법을 써야겠어. 생각보다 너무 정보가 없는 것 같으니 말이야."

하지만 역시나 재중이 아무리 생각해도 이곳은 낯선 땅 중국이다.

그것도 아미파의 근원인 아미산이다.

아무리 생각한다고 해도 결국 자신이 할 수 있는 것은 지금 없다는 것을 깨달았다.

"테라."

—네, 마스터.

테라는 재중이 부르기를 기다렸다는 듯 곧바로 재중의 그림자에서 튀어나왔다.

"너 내가 널 부를 것을 알고 있었지?"

—네? 아니요? 정말 전 마스터가 걱정이 되어서 그런 것 뿐이에요. 정말이에요.

테라의 말에 재중은 피식 웃었다.

하지만, 뭐 이 정도는 애교로 봐줄 만하다.

본질적으로 테라의 존재 이유가 재중을 지키는 존재, 즉 가디언이었으니 말이다.

"장문인을 찾아라."

재중이 나직하게 한마디 하자,

—옛 썰, 마스터.

테라는 어디 영화에서 본 듯한 경례를 붙이고는 그대로 하늘로 치솟아 버렸다.

이미 아미산 자체가 워낙에 높은 편이라 주변에 구름이 많았다.

그래서인지 테라의 모습이 순식간에 사라져 버렸다.

그런데 그렇게 사라진 테라를 본 재중이 나직이 중얼거렸다,

“언제 철들는지, 저 녀석은.”

나이조차 가늠할 수 없는 테라였지만, 재중의 눈에는 처음부터 지금까지 한결같은 천방지축에 사고뭉치 테라 그대로였다.

그리고 대략 몇 분이 지났을까?

쉬익~!

구름을 뚫고 정확하게 자신이 떠났던 자리에 다시 내려온 테라다.

테라가 내려서자마자 재중에게 말했다.

—찾았어요, 마스터.

“그래?”

—그런데 완전 반대쪽이에요. 사람들이 거의 다니지 않

는 쪽에 또 다른 건물이 세워져 있는데 그곳에서 장문인이 감지되는 것을 확인했어요, 마스터.

"역시 복호사를 개방하는 대신 새로운 자신들의 집을 지은 것이군. 가자."

재중이 빠르게 몸을 돌리자 테라는 재중의 그림자 속으로 들어가 버렸다.

그게 실제로 재중에게 방향이나 위치를 알려주기 더 편했기에 대부분 이런 식으로 이동하는 것이다.

휘익!

재중이 움직인다고 생각하는 순간 마치 거짓말처럼 재중의 몸이 사라졌다.

대신 재중이 움직인 곳으로 생각되는 방향에 구름이 칼로 베인 듯 잘려져 있다.

물론 곧 다른 구름들이 뒤덮어 버렸지만 말이다.

"여기가 진짜란 말이지?"

재중이 테라의 안내에 따라 산봉우리 하나를 통째로 뛰어넘어서 도착한 곳은 관광지도에는 없는 곳이었다.

아니, 커다란 절벽이 있어서 사람들의 접근 자체가 불가능한 곳이다.

그런데 그런 절벽 바로 아래쪽에 절벽을 등에 지고 마치 붙어 있는 듯 건물이 들어서 있었다.

바로 아미파가 말이다.

씨익~

재중은 누가 벽에 본드로 붙여놓은 듯 딱 붙어 있는 새로운 아미파의 본거지를 보면서 입가에 미소를 드리웠다.

조금 헛걸음을 하긴 했지만 결과적으로는 찾았으니 말이다.

"자, 어디 아미파 장문인 얼굴 좀 보러 가볼까?"

그리고는 재중은 그대로 절벽을 향해 몸을 던졌다.

다만 그 모습이 자살하는 사람과 달리 너무나 편안하게 걷다가 그대로 떨어진 것 같은 게 조금 다를 뿐이었다.

『재중 귀환록』 10권에 계속…